JN055170

召喚された賢者は
異世界を往く
～最強なのは
不要在庫の
アイテムでした～
4
Yashu
夜州
イラスト:
ハル犬

サヤ
トウヤ
ルミーナ
Characters

シャルロット
アルトリア
ナタリー
フェリス
ティル

「あれあれ。一人にこれだけの傭兵団が怖気づいちゃうんだ～？」
「そんなこと言わないの。みんなが怯えてしまうでしょう」
四人は緊張感もなく俺たちの前に出てくる。とても傭兵をしているように見えない四人に周りにいる男たちは一歩引いた。
アユミ
サキ
アオイ
シノブ

Contents

プロローグ

ダンジョン探索を兼ねた休暇のつもりで訪れたアールランドでのダンジョンで起こった氾濫（はんらん）。

そしてジェネレート王国との攻略競争、さらに勇者との——対決。

それよりも、たくさんの地竜（アースドラゴン）やSランクの岩石竜（ロックドラゴン）、そして守護者でありSSランクの多頭竜（ヒュドラ）。

レベル上げとして——最高だった。

最上位職になってなかなかレベルが上がらないと思っていたが、予想以上にレベルが上がったから満足したが、シャルたちに置いていったことを散々叱（しか）られてしまった。

帝国首都に戻った俺は、今回の功績に対して精霊石が彩られた勲章と新たに城から近い場所にある屋敷を与えられた。爵位を公爵に昇爵する話もあったが、断ったのでこの褒賞となったのだ。

……しかし家精霊（エレメハス）付きについては、褒美なのか押しつけられたのか微妙な気持ちになる。

正直、家精霊（エレメハス）はフェリスがいれば問題はない。屋敷についても二つあっても仕方ない。かといって皇帝からもらった屋敷を売り飛ばすわけにもいかない。

目の前に広がる以前よりも豪華な屋敷を眺めながら思わずため息が出る。

皇帝からは「何かあったらすぐに駆けつけられるように」と言われてこの場所にある屋敷をもらったのだが、俺一人で住むには広すぎる。

ちなみにサヤをはじめルミーナや子供たちは以前住んでいた屋敷に滞在させている。

本当なら一緒に住むことも考えていたが、貴族街に従者以外の平民が住むことは原則として禁止されていた。

特例として一定期間だけ滞在することを許可されたが、そのうち平民街に移動しなければならないと家令からも言われている。

豪商など貴族街に許可を得て店を構えている者は別として、安全を考えれば仕方ないことだろう。

貴族としてまだ日が浅い俺は、皇帝から屋敷に日々派遣されている家令たちに教わることも多い。

「……それにしてもこの新しい屋敷どうするかな。なぁコクヨウ？」

ヒヒィンと鳴くだけで、早く敷地に入れとばかりに鼻で背中を押してくる。

「わかったよ。とりあえず家精霊（エレメハス）と会ってみないことにはな」

無人だった期間が長いのか少しだけ錆（さ）びている門を開けて中へと入る。中庭も広く中央には噴水の名残まである。

家精霊（エレメハス）は認められた主人がいる場合は敷地内の管理を行ってくれるが、主人がいない場合、屋敷の維持という最低限のことしかできない。

どういう原理でそうなっているのかは不明であるが、言葉を発することのない家精霊（エレメハス）に聞いても答えは返ってこないだろう。

ただ、例外がいる。それがフェリスだ。しかしフェリスに聞いてみても「わからない」と言うだけ。

俺の纏（まと）っている魔力が美味（おい）しいというが、魔力を吸われているわけでもないし、ゲームにあったシステムでもないので不明である。

そんなことを考えながら俺は扉に手をかけた。

ゆっくりと扉を開けると、中は綺麗（きれい）に維持されている。

玄関ホールの中央に立つ。

「いるなら出てきてくれ。この屋敷の主（あるじ）になったから挨拶がしたい」

すると目の前に白い渦が巻き起こり、そして家精霊（エレメハス）の――幼女が現れた。

「えっ、嘘（うそ）だろ……」

俺は驚きをあらわにする。

なぜなら現われた家精霊（エレメハス）はまだ一〇歳にも満たないように見えた。フェリスと同じ腰まで伸びた白い髪で、蒼（あお）い目に同じ色の蝶（ちょう）の髪留めをしている。

じっと俺のことを見つめ、不思議そうに首を傾（かし）げる。

「この屋敷の主人となったトウヤだ。初めまして」

丁寧に挨拶をして満面の笑みを浮かべる。幼女の家精霊（エレメハス）はまた反対側に首を傾げる。

「フェリスだったら話が通じるのかな……。フェリス出てこれる？」

俺の言葉に首から下げている精霊石のネックレスが光り、そこからフェリスが現れる。

突然現れたフェリスに幼女の家精霊（エレメハス）は――視線をフェリスに固定する。

少しの間、言葉を交わさず視線だけを合わせている状態だったが、フェリスは笑みを浮かべ両手を差し出すと、幼女の家精霊（エレメハス）はフェリスにいきなり抱きついた。

——あれ？　家精霊（エレメハス）って感情を表情に出さないのでは？　いや、フェリスは出すようになったけどある程度の時間が必要だった気がする。

幼女の家精霊（エレメハス）は一度フェリスから離れると、改めて俺を見て大きく頷（うなず）いた。

どうやらこの屋敷でも主人として認められたらしい。

遅れて屋敷に到着した文官は驚いたような表情をし、口が開いている。

「ありえない……同じ屋敷に家精霊（エレメハス）が二人も同居をすることができるなんて……」

そういえば、昔聞いた気がするけど、前例がないことばかりだし俺にとってはどうでもいい。

フェリスと仲良くしてくれるのが一番ありがたいからな。

こうして新しい屋敷を無事に受領した俺は、新しい生活を送ることになった。

新しい事業

一　新しい養護施設

新しい屋敷の執務室で家令であるダリッシュと養護施設についての打ち合わせを行うことにした。早々にサヤや子供たちの住居を用意しなければならない。

ダリッシュはまだ二〇代半ばであるが、頭がキレるので大抵のことは任せておける。この帝都のことも熟知しており、アドバイスをもらうにはうってつけである。

「ねぇ、ダリッシュ。平民街のほうで養護施設を作りたいんだけどどうすればいいかな」

「サヤ様たちのためですね。そうですね、トウヤ様ご自身のお名前で施設を設立されるのはお立場的に難しいかもしれません。ルネット帝国では養護施設の設立や運営はマッグラー子爵家に代々任されておりますので、身分はトウヤ様が上でもマッグラー家を通すのが筋かと思います。ただ、トウヤ様は皇女殿下やアルトリア様以外の貴族との繋がりを持たないので……。もしやすると今後マッグラー家から代わりに縁談の打診をされますと断りにくくなるかと……」

「これ以上、無理やり婚約者や縁談が増えるのは無理だ」

「それでしたら帝都にもいくつか養護施設はあるかと思いますが、そこに一緒に入るというのはどうでしょうか。今までサヤ様一人で運営していたと聞いておりますし、何かあった時のために複数人で管理されたほうが楽でしょう」

確かに言えている。最初に会った時のサヤは病気で伏せていた。一人だけでは気苦労も絶えないはず。

また同じような状況になる可能性も十分にある。

しかし、いくら正式なルネット帝国民となったとはいえ、先日まで他国民だった者が受け入れてもらえるのかもわからない。そこで何かしら問題が起きる可能性があるのだったら、小規模でもいいから新しく養護施設を建てたほうがよい気がする。

俺が悩んでいるとダリッシュは言葉を続ける。

「サヤ様たちはトウヤ様の働きかけでルネット帝国民になりましたので、やはり新しく建てて国に登録された正規の施設がよいでしょう。国からの補助も出ますでしょうし。他の施設もいくつか見学してから考えてみるのもいいかもしれませんね」

「うん、そうだね。子供たちを預ける場所だから見ておきたいかも」

サヤと子供たちを預けるならば、人格者であるのが好ましいし、以前からいる子供たちと仲良くできるかとの心配もある。

あとから悪徳養護施設だとわかったら、その建物ごと破壊してしまうかもしれないし。

「でも行かれるのなら冒険者として行かれたほうがよいかもしれません。貴族として行くとあちらも恐縮してしまいますし、管理している貴族の面子(メンツ)もありますから」

ダリッシュから帝国内の養護施設を統括する貴族がいることを教えられる。貴族が管轄し、各養護施設に補助金を出しているということだ。

しかも補助金を決めるのも全てその貴族が担当しており、胸先三寸で決まってしまう。

「しかし先の戦争で被災児が多くいるので、果たして受け入れてもらえるかは確認する必要がございます」

確かに言えている。俺が戦争に参加する前はルネット帝国が劣勢であった。多くの兵士が命を落としたので保護しなければならない被災児も爆発的に増えたことは聞いていた。

ジェネレート王国からの莫大(ばくだい)な賠償金を補助金として支給しているとのこと。

「明日にでも養護施設を回ってみるよ」

「わかりました。私のほうでも地図の用意をしておきます」

「うん、よろしく」

打ち合わせを終えると、子供たちの顔を見るために以前住んでいた屋敷へと向かう。歩いていくつもりであったが、ダリッシュに窘(たしな)められ馬車で向かうことになった。

やはり侯爵という立場上、なるべく貴族街を一人で歩くのは避けないと面子が立たないとのことだった。

「一人で歩いても何があるってわけじゃないんだけどな……。何かあっても対応はできるし」

正直、襲撃者が何人こようが返り討ちにできる自信はある。

勇者にすら勝てたのに、襲撃者ごときに負けるはずはないと自負している。

「たまには冒険者らしいことしたいな……」

そんなことを思いながら馬車の窓から貴族街の街並みを眺めていた。

◇　◇　◇

子供たちが住んでいる屋敷に到着し馬車を降りると、俺に気づいた子供たちから歓迎の声があがった。

「あートウヤ兄ちゃんだっ！」

「お前たち、元気にしてるかっ」

俺の言葉に、子供たちが元気よく手を挙げる。

「うん！　この家大きいし、ご飯もいっぱい食べられるし楽しいよっ」

「それならよかった。サヤはいるかな？」

「こっちにいるよー！」

子供と手を繋ぎホールに行くと、サヤは数人の女の子と一緒に裁縫をやっていた。

「サヤ、遊びに来たよ」

俺の言葉に手を止めて振り向いたサヤは、俺の顔を見ると満面の笑みを浮かべた。

「トウヤさん、おかえりなさい」

裁縫を続けている子供たちに「少し席を外すね」と声を掛けてから近づいてくる。

案内してくれた子供はまた庭で遊ぶらしく、玄関へと駆けていった。

俺とサヤは応接室で向かい合って座る。

「どう？　こっちでの生活は」

「こんなに大きな屋敷に住むのは緊張してしまいますけどね。それでも今は安全に住むことができるので、トウヤさんには感謝しかありません。しかしいつまでもここに住んでいるのはちょっと……」

本当ならこのままここに住んでいてもらいたいが、そうもいかない。貴族街に住んでいるのは暫定的であり、期限も決められている。普通であれば屋敷の外を歩いているだけでも貴族街の警備に捕縛される可能性もある。

侯爵という立場があるので無理をきいてもらっているが、一般的にはありえないことでもあった。それをごり押しできたのは、俺にこの帝国での功績があったからこそだ。

しかし全員が賛成であるはずもなく、小言を言う貴族もいたのは仕方ないことだと受け止めている。

だからといって〝救国の英雄〟と呼ばれる俺に対し、正面向かって文句を言えるはずもなく渋々納得していた。

「今、新しい養護施設にできる建物がないか、既存の運営している養護施設に入れないかを調べているところだから少し待っていてくれるかな」

「えぇ、トウヤさんがそう言うなら……」

サヤはこの国に来てから少しだけ俺に遠慮している。

以前だったらもっと親近感を持って接してくれていたのだが、ルネット帝国に移り住んで俺と再会し、屋敷に来た時は目が点になっていた。

しかもただの冒険者だったはずが、いつの間にか貴族になっており、上級貴族にあたる侯爵位まで得ている。

俺からは話していないが、屋敷の管理をしている従者からは話を聞いているのかもしれない。

俺がジェネレート王国とルネット帝国の戦争を終わらせた〝救国の英雄〟だと――。

だから普通ならこうやって面と向かって話すこともできないと理解しているのだ。子供たちはまだ理解していないようで以前と同じように接してくれるのは唯一の救いだ。

十分な食材や資金は渡してあるし特に困っていることもなさそうなので、少しサヤと雑談してから屋敷を後にする。

「早く住むところを見つけてあげないとな……」

ゆっくりと進む馬車の窓から外を見ながら呟(つぶや)いた。

∞　∞　∞

「帝都の地図に養護施設の場所をチェックしておきました」

ダリッシュから受け取った地図を眺めると、帝都の外壁付近の平民街にいくつのかの印がついていた。

見境なく帝都を探すことにならなくてホッとする。

「ありがとう、これで少し見学に行ってみるよ」

冒険者時代のローブを羽織りながら、もらった地図を時限収納（ストレージ）に仕舞いこむ。

侯爵当主として一人で行くのは少しだけ難色を示されたが、実際に俺よりも強い者などこの国にいない。勇者ですら俺に勝てないのに護衛などいらないだろう。まぁどうしても誰かの同行が必要ならルミーナあたりを誘えばいいだろうと思っている。


徒歩で貴族街を抜け商業街を歩き、外壁近くにある一つ目の養護施設に辿（たど）り着いた。

お世辞にも綺麗（きれい）な建物とは言えず、あちこち手作業で修繕した跡が目につく。中に入ると子供たちが中庭で遊んでいた。皆、ボロを羽織っているが表情は明るい。補修だらけのボールみたいなものを男の子たちが蹴り合っていた。

しかし、いきなり入ってきた俺に気づいたようで不思議そうにこちらを見ている。

このままいても仕方ないと思い声を掛けた。

「こんにちは。ちょっと中を見学させてほしいんだ。責任者とかいるかな？」

「うんっ！　いるよ～。ちょっと待っててねっ！　シスター！　変な人が来てるよ～！」

……変な人って。

すぐにエプロン姿のシスターが扉から出てきた。まだ三〇代だろうか、少し疲れが見えるが問題はないように感じる。

「何かご用でしょうか？　このような貧しい養護施設などにいらしても得になるようなことはない

と思いますが……」

怪しむシスターに対し微笑(ほほえ)んで言葉を返す。

「実は知り合いが養護施設を開きたいということで、普段どんなことしているのかなどを見学させてもらいたかったんです」

「そうでしたか……。今、国内の養護施設はどこも定員いっぱいのはずです。ここにいる子も多くは親が戦争の犠牲で……」

「確か陛下は子供たちのために養護施設の補助金を多く出すという噂(うわさ)も流れてますし、少しでも楽になるといいですね」

実際に補助金を多く出したというのは陛下本人からも聞いている。ジェネレート王国からの賠償金からかなりの金額が支給されているはずだ。

「そうなのですか？　ここの養護施設は少しだけですが増額がありましたが、それでもどうにもならない状態でして……。まぁここではなんですから中へどうぞ」

シスターに案内され中へ入ると、やはり建物の劣化が激しい。

多くの補助金が出たはずなのに、いきわたっていないのではと疑わしくなる。

簡素な応接室に通されソファーに座るが、傷みが激しいのか異音がするほどだった。

「急にお伺いして申し訳ございません。この帝都で冒険者をしているトウヤと言います。先ほど伝えた通り、この帝都で養護施設を開く知人の代わりに見学させてもらおうと思って……」

「そうですか、しかし今は厳しい時期かもしれません。数年前までは助成金や寄付が行き届いておりましたが、戦争が終わり一気に助成金が引き下げられ、この小さな養護施設程度では子供たちの食事も満足に出せない状態です……」

申し訳なさそうに俯（うつむ）くシスターも、食事を節制しているのだろうか、頬（ほお）がこけている。

「ちなみにこの養護施設では何人ほど子供を面倒見ているのですか？」

「ここでは二〇人の子供を面倒見ております。それがこの建物の限界ですので……。一五歳で成人して冒険者になったり、商人の奉公人などを務めている者から少しだけ寄付はいただいておりますが、先の戦争で幾人かは連絡が途絶えてしまい……」

きっと戦争で命を落としたのかもしれない。

俺が参戦するまでにこの帝都まで陥落していた。その間の犠牲者は数えきれないだろう。きっとここを巣立った子供たちも……。

思わず拳に力が入る。

「……そうですか。これは少ないですが、ここの運営に役立てていただければ」

時限収納（ストレージ）から金貨を三枚入れた小袋をテーブルに置く。

「ありがとうございます。これで子供たちに栄養をつけさせてあげられます」

シスターはその場で手を胸の前で組み神へ感謝の祈りをささげてから、俺に向かって深々と頭を下げ、小袋を応接室に置かれている小さな祭壇に置いた。

「もう少ししたら昼ですし、厨房（ちゅうぼう）をお借りしても？　話を聞かせてもらったお礼に子供たちに食事を振る舞わせていただきたいのですがよろしいですか？」

「それはもちろんです。しかし手荷物がないようにお見受けしますが……」

「あぁ、大丈夫です。時限収納（ストレージ）持ちですから」

テーブルの上に市場で購入した大きめのパンをいくつか取り出した。

シスターは大きく目を見開いたが、目じりを下げ再度深々と頭を下げてくる。

「トウヤ様には感謝しかございません。ご案内いたしますのでこちらへ」

シスターの後を追い、厨房に向かう。簡易的な厨房であるが、子供たちのために多くの食器が並べられていた。

「こちらを自由に使っていただければ。本当にありがとうございます」

「用意はすぐできますので」

時限収納（ストレージ）から大きな寸胴（ずんどう）を二つ取り出して並べた。作ってすぐに仕舞っておいたからまだ熱く、湯気がたっている。

その横にパンを山のように並べた。これで夕食分も問題ないはず。

「……っ!?　こんなにっ!?」

「いえ、これくらいしかできませんから……」

「神に感謝を……」

シスターはその場で膝をついて俺に対して祈り始めてしまった。

思わず頬をポリポリとかいた後に、シスターの手を取って立たせる。

「そんなに気にしないでください。できることをしているだけですから。それよりも準備を手伝ってください」

「あっ、はいっ」

そんな時、厨房の外から声が響いてくる。

「なんか今日はいい匂いする～。シスター今日のご飯ー？」

厨房の入り口から子供が数人覗(のぞ)いていた。

「おぉ、美味(うま)そうな匂いがするー！　パンもいっぱいっ」

他の子も食事に気づいたのかぞろぞろと厨房へ集まってきた。

「ほら、みんな行儀悪いわよ。手を洗ってから手伝ってくれる？」

「「「はーい」」」

子供たちは食事が待ち遠しいのか勢いよく駆けていった。

「恥ずかしいところをお見せして申し訳ございません」

「いえいえ、元気があっていいですよ。準備しちゃいましょう」

皿やパンをダイニングへと運ぶのを手伝い、準備を進めていく。子供たちも寸胴の中身が気になるようだ。

寸胴の中身はクリームシチューになっている。魔物の肉と野菜をいっぱい入れて、最後にミルクを加えている。

キラキラと目を輝かす子供たちの皿へと順番によそっていく。子供たちも手伝ってくれ、各自にパンが配られる。全員に配り終わっても十分残っていた。

「今日は冒険者のトウヤさんがこうしてみんなのために食事を用意してくれました。皆さん感謝をしましょう」

「お兄ちゃんありがとー！」

「「「ありがとー！」」」

子供たちから感謝の言葉がダイニングに響き渡る。

「それでは神にお祈りしてから食事をしましょう」

俺も子供たちの間に入り、一緒に祈る。正直、神を信じているわけではない。しかし、熱心な子供たちの祈りを無下にするつもりもなく、一緒に祈りを捧げたのだ。

「「「「いただきます」」」」

シスターの言葉に合わせて食事を始める。

うん、美味い。最近は屋敷の料理長に任せきりだがいい味をしている。毎回大量の料理を作ってもらい、時限収納に保管させてもらっているが、申し訳ない気持ちになる。

ダリッシュに少し給金を上げるように言うか……。認めてくれるかはわからないが。

あちこちで「美味しい」という言葉が飛び交っている。食べている子供たちは笑顔だ。

戦争などで親がいなくなってこの養護施設で育っているのだが、それを感じさせてないほど笑顔で溢れている。シスターの育て方がきっと立派なんだと思う。

「ほら、お替わりはいっぱいあるぞ。好きなだけ食べろっ」

俺の言葉に子供たちは喜びの声をあげ、我先にと寸胴へ群がっていく。

ほどなくして寸胴の中身は綺麗になくなっていた。しかし子供たちも満足そうな表情でお腹を撫でている。

その顔を見ているだけで笑顔になる。

食事を済ませたあとは当番の子供たちと一緒に食器を洗い、空になった寸胴を時限収納に仕舞う。残ったもう一つの寸胴は夜に食べれば問題ないだろう。

「本当にありがとうございました」

他にも養護施設を回る予定だから、食事を済ませたあとは早々にお暇することに。

「時間があれば、また顔を出しに来ますね」

「お兄ちゃんまた遊びに来てねっ！」

「また美味しいの待ってるぜっ！」

子供たちに手を振られて、養護施設を後にする。

「次の場所は……」

地図を見ながら次の養護施設へと向かう。

もう一か所の養護施設も同じような感じだった。笑顔の子供たちは庭で遊んでいる。神父と少し話をさせてもらって、寸胴を一つとパンを人数分、そして金貨を入れた小袋を寄付として預ける。

銀貨だと思っていた神父は小袋の中身を確認し、腰を抜かすほど驚き、何度も俺に頭を下げてきた。

やはりどこの養護施設も経営は厳しかったようだ。

笑顔の子供たちと、恐縮した神父に見送られ、次の養護施設へと目指す。

「次は……。ここは少し中心部にあるんだな」

他の養護施設は中心部からかなり離れた外壁部に建っていたが、次は少し中心部に近い場所にある。

養護施設に辿り着くと、思わず建物を見上げてしまった。

……なんでこんなに立派なんだ？

他の養護施設とは全く違う。お金をかけて管理されているようで、建物の大きさも他と比較にならない。

でも、他の場所とは全く違うところが一つ。

――子供の声が聞こえてこない。

思わず探査（サーチ）を使うと確かに建物の中には人のいる気配がした。

子供たちは一か所に集まっている。

「何かやっているのかな……」

そのまま養護施設に入っていくと、若いシスターの一人が声を掛けてきた。

「この養護施設へ何かご用でしょうか？」

シスターは白いローブを着ているが、出るとこが出ていて色気に満ち溢れていた。少しだけ頬が熱くなる。

「いえ、知人が養護施設を運営するということで、参考になればと帝都にある養護施設を見学させてもらおうと」

「あら、そうでしたか。神父様もお見えになられておりますのでご案内いたします」

クネクネと官能的に歩くシスターの後を追うと、養護施設とは思えないほど立派な扉の前にシスターは止まり、ノックをする。

「神父様、見学の方がお見えになられております」

部屋の中から入室の許可があり、シスターは扉を開く。部屋に入ると、貴族の応接室かと思えるほど豪華な造りであった。

……ここは養護施設なのか？　他の養護施設とは違い過ぎる。なんでこんなに差があるんだ……？

疑問に思うが口に出すことはせず、案内されるがままに神父の前のソファーに座る。

質素な生活をしている神父とは思えないような巨体で、指には大きな宝石が彩られたいくつもの指輪をつけている。

「これは初めまして。我が養護施設へようこそ。ここの運営をしております、カマラと言います」

「初めまして、この帝都で冒険者をしているトウヤと言います。実は――」

新しく養護施設を運営する知人の参考になればと、今ある養護施設を見学させてもらっていることを伝えた。

「そうでしたか。ここの子供は遊ぶより、成人してすぐに働きに出られるように、幼い頃より職業実習をメインにしているのですよ。今も作業室で頑張っています」

だから静かだったのか。幼い子供もいるはずなのに、もう職業訓練とは……。でも悪いことではないので口出しはできない。

「そうでしたか。外から拝見して静かだなと思っていたので。それにしても、幼い頃から職業訓練など大変でしょう」

「ですな。しかし貴族様や商会などが大口の寄付をしてくれるおかげで、この養護施設は成り立っておりますので。子供たちが創ったものも商会で引き取ってもらっているのですよ」

ニタニタと笑みを浮かべた神父が堂々と答える。

「……そうですか。だからこの建物といいよく管理されておりますよね」

ただ、なんとなくこの神父は気に入らない。

「そうですね。寄付をいただける人たちを歓待する必要もありますから。ある程度無理していると ころもあります」

……その指輪を含めてどう考えても信用度は薄い。運営費が厳しいならそんな指輪なんてしないだろう。

「子供たちの顔も見たいのですがよろしいですか？」

「……ええ、問題はありません。ただ作業をしているのでお相手をできるのかわかりませんが……」

席を立った神父に、先導されるままついていく。

廊下を進み、一つの大きな扉を開けると、子供たちが座って何かを作っている。

「ここで様々な職業訓練しているのです。成人したら商会などを通じて職を世話していただいております」

子供たちを見渡すと黙々とテーブルで作業しているが、その表情は暗く感じられ、他の養護施設とはどこか違う。しかもよく見ると身体のあちこちが汚れている。服ではない身体がだ。

――もしかして……。

俺が表情を険しくすると、子供たちを隠すように神父が前に立って笑顔を向けてくる。

「まぁ今は作業中ですから、また後日にでも見ていただけたら」

「……はい、わかりました」

応接室に戻り、金貨を一枚寄付として渡すと、神父の態度はあからさまにご機嫌になる。

「トウヤ様には感謝いたします。これで子供たちにもいい食事が与えられます」

「それではまたお伺いするかもしれませんので、よろしくお願いします」

軽く挨拶した後に養護施設を後にする。

それにしてもここの養護施設はやはりおかしい。

「これはちょっと調べてみる必要があるかもしれない……」

そう心に留めつつ屋敷に戻ることにした。

「そんなことが……」

屋敷に戻った後に家令のダリッシュに養護施設の状況を話すと、少しだけ険しい表情をした。

「あぁ、他のところとは全く違っているんだ。もしかしたらあそこだけ何か裏があるかもしれない。陛下に聞いてみてもいいけど、一施設のことだけを聞くわけにもいかないしな」

「寄付があるのは知っておりますが、担当子爵がバランス良く支給することになっているはずです」

「どうも偏っているみたいだ。それにあそこだけ子供が全く元気がないように見えた」

これから先、サヤに運営してもらう養護施設についても、新しく建てたほうがよさそうに思える。一人では大変だから人を追加で雇うのもありだと思う。足りなければ俺が捻出すればいいことだ。

少しだけ贔屓しているようで他の養護施設には悪い気もするが、これは仕方ない。

やはり一度、陛下に相談してみるべきかなと思いながら、紅茶を一口飲んだ。


俺が皇帝に会うのに、基本的に面会予約は不要とされている。

本来であれば公爵級以上が当てはまるそうだが、侯爵という役職ながら俺は救国の英雄ということで、いつでも会えることになっている。

午前中はダリッシュと打ち合わせを行い、帝都内で良い不動産がないか調べてもらい、午後から登城することにした。

「急にお伺いしてすみません」

「いやいや、トウヤ殿は義息子なのだからいつでも会いに来てくれていいのだ。早く孫の顔を見たいしの」

まだシャルは婚約者なのだが、気が早い陛下に思わず苦笑する。最近はシャルたちとなかなか時間が合わず会うことが少なくなっていた。やはり未だ復興途中ということもあり、多方面への激励を行うなど皇女としての役目を果たしているのだ。

雑談を少ししてから本題へと入っていった。

「実は知り合いが帝都内で養護施設を開く予定なのですが――」

昨日の状況を陛下に説明していくと、顎に手を当てて少しだけ考え込む。

「確か養護施設の管理は……マッグラー子爵だったな。復興している最中であるし、保護している子供が増え養護施設の予算が不足しているのは仕方ないと思っているが、そこまで差があるのはな……。わしのほうからも確認してみるとしよう。それにトウヤ殿が養護施設を支援するのであれば許可はすぐ出すようにしておく」

「ありがとうございます。私のほうも建物を探している最中なので、決まり次第またご報告するようにします」

「こちらこそ済まない。帝都の中でもわしの目が行き届かないことが多いからの」

陛下に礼を告げ、城を後にする。

あとは適した建物があれば一番いいんだけど。

自分の屋敷へと戻ると、ちょうどダリッシュは来客との打ち合わせを終えたところであった。

「これはちょうどいいところに。目ぼしい物件を紹介してもらいましたので、確認をしていただこうと思ったところでした。ルーハンさん、こちらがキサラギ閣下でございます」

紹介されたルーハンは不動産業なのかもしれない。俺の若さに驚きの表情を少し見せたが、さすがに商人なのかすぐに平常心のように振る舞う。

「これは救国の英雄、キサラギ侯爵閣下にお会いでき、光栄でございます。閣下のご要望の物件を用意しましたので、ご確認いただければと至急お伺いさせていただきました」

深々と頭を下げるルーハンに軽く挨拶をし、先ほどダリッシュに見せただろう資料をテーブルで広げていく。

「これが当商会が一番お勧めする物件でございます。もともとは宿屋であったのですが、先の抗争で営業ができなくなり手放した物件になります」

テーブルに広げられた用紙には、簡単な間取り図が書かれている。

一階には食堂と厨房、事務所、そしてお風呂もある。二階、三階は客室になっていて、各フロアごとにトイレも設置されている。養護施設にするには十分な広さだ。

今、サヤたちと暮らしている子供たちが全員入っても十分に余裕があり、新しい子供が増えたとしても問題はない。

俺が満足そうに頷（うなず）いたのを察してか、ルーハンは話を続ける。

「治安のいい場所ですし、裏には広くはないですが、庭もあります。建物も宿屋を経営していたので、綺麗に保全されておりますし一番お勧めの物件になります」

「うん、敷地的にも間取りも問題ないね。ダリッシュ、ここで話を進めてもらって構わない」

「あ、ありがとうございますっ！」

あとの話はダリッシュに任せることにした。最終的な売買契約の際に俺がサインをするだけでいいことになったので、挨拶をしてから自室へと戻る。

ある程度の資金は渡してあるので、養護施設への改装から準備まで大丈夫なはず。

ソファーの背もたれに寄りかかりながら俺は先日行った養護施設を思い浮かべる。

あの養護施設はきっと何か裏がある。子供たち表情を見ていたらわかる。が、さすがに勝手に調べるわけにもいかないか……。

悩んでいると、部屋にフェリスと新しく陛下からいただいた屋敷にいた家精霊（エレメハス）のティルが来て、俺の顔を覗き込んできた。

「トウヤ、どうしたの？」

「……」

ティルはやはりまだ言葉は話さないか……。まぁそれでもフェリスと一緒にいてくれるなら問題はない。

「うん？　ちょっと考え事をね。何でもないから大丈夫だよ。心配してくれてありがとうフェリス、ティル」

「それならよかった」

フェリスは笑みを浮かべて頷き、ティルは首を横に傾げた。その仕草に思わず頬を緩ませる。

今、他のことを考えても仕方ない。新しく養護施設ができるまでは他の養護施設を見て勉強していくしかないか……。

数日間、いろいろな養護施設を回ってみたが、あそこ以外はどこも一緒だった。

やっぱりあの金満神父がいる養護施設だけおかしい。

もう一度行ってみるか……。

買い取った宿屋の契約が終わり、養護施設に使うための改装の手配も済んで出来上がるのを待つだけだ。

俺は街をぶらぶらと歩きながら目的の養護施設へと向かう。

到着するとやはり他の養護施設とは金のかかり方が違う。敷地の大きさから建物の大きさまで。

門のところへ行くと、ちょうど来客があったのか、官僚とも思われる服装の男が出てきた。

「では、手はず通りに。楽しみにしているぞ」

「はい、もちろんでございます。監理官様にはこれからもご贔屓に」

神父はごまをするように手をさすりながら、見送りをしているところだった。

出てきた男と視線が合う。先ほどとは表情が変わり眉根を寄せ俺のことを睨みつけてくる。

「……冒険者風情が何を見ているんだ？　俺を誰だと思っている？　上級監理官だぞ、俺は」

上級監理官のことは知っている。貴族に仕えている多くの官僚の中で、上位の役職だった。元いた日本であったら、部長職あたりであろうか。

しかし、だからといって文句を言われる筋合いはない。

「監理官様、この方は冒険者ですが、何か養護施設を新しく開くと言っておりました」

「なんだと……新しく養護施設を開くだと……。ふーん。そうか……」

養護施設の開設には役所の許可が必要だ。コネがあれば認可は早く下りるし、何もなければ一定の時間が必要になる。

俺の場合はすでに陛下から許可をもらっている。今さら役所を通す必要はないのだが……。

ここは探りを入れるのに相手に合わせたほうがよさそうだな。もしかしたらここの養護施設がなぜ他と違うのかもわかるかもしれない。

「……実は知り合いがもともと養護施設をしていたのですが、今回帝都に新しく出そうと考えているのです」

「そうか、戦後多くの養護施設が必要となっているからな……。それにしてもその若さで……。何かあったら私が口を利いてやろう。それなりの手回しが必要だしな」

「そうですか。それはありがとうございます。必要になったらぜひ」

「よし、それでは」

監理官は片手を上げてそのまま去っていく。

俺と神父は見送りを行ったあと、改めて向かい合う。

「それで、今日はどのようなご用で？　先日、見学はしましたよね」

「えぇ、こちらの養護施設は他とは違い、良い経営をされていると聞いたので、ご教授賜ろうかと思いまして」

先ほど神父が監理官にしたようにごまをすると、神父は上機嫌となる。

「そうかそうか。何かあれば言ってくるといい。私も上級監理官とは仲が良いのでな」

「はい、ありがとうございます」

神父の後を追い、養護施設に入る。

やはり豪華な造りであり、他とは全く違っている。

いくら寄付が多いとはいえ、養護施設としてはありえなかった。

廊下の装飾品を眺めながら廊下を進み、応接室へと通され、勧められるまま席に座る。

「まぁ養護施設を上手く経営するためには、養護施設を管理している貴族や監理官の心証が良くないといかん。ほら、それにはわかっているだろう？」

グラスにワインを注ぎゴクゴクと神父は飲み始める。

やはり賄賂か……。しかし賄賂を出していたら養護施設は余計に予算が足りなくなってくるはずだ。きっと何か裏があるはず。

それがわからないと解明できない。

子供たちが作っている物を商会に売ったとしてもたかが知れているはずだし……。

先ほどから子供の声も聞こえてこないし、他の養護施設とは違う何かがきっとあるのだろう。

神父からさんざん自慢話を聞かされ、ぐったりとしたが、仕方ないと思いながら金貨一枚を寄付した。

出口はわかっていたので、神父には別れの挨拶をし応接室を退出すると、子供たちの様子を窺う（うかが）ことにする。

廊下を進み、以前子供たちが作業していた部屋を覗き込む。

部屋では子供たちが数十人、無言でひたすらテーブルに向かって作業をしている。しかしその表情はやはり暗いままだ。

しかもよく見ると腕にはアザらしきものが見える。

……もしかしたら。

俺が部屋に入ると、子供たちの視線が集中した。

「みんな静かに」

ひとさし指を立てて合図をすると、子供たちは小さく頷いた。

『範囲回復魔法（エリアヒール）』

部屋いっぱいに広がるように意識を広げて回復魔法を掛けると、子供たちの身体が光りだす。

子供たちは我慢していた痛みがなくなったのか、光りだしたことと合わせて驚いたようで、自分の身体を確かめている。

養護施設の職員たちに気づかれないように、子供たちに笑顔で手を振ってから養護施設を後にした。

「やはり虐待されている可能性があるか……」

どうにかしたいと思っているが、直接見たわけでもないし、まだなんともいえない。

傷についても先ほどの回復魔法で治してしまったしな。

これから先、注意深く見ていくしかない。

そう考えながら自分の屋敷へと戻ることにした。

∞　∞　∞

契約が終わってから改修工事に入っていた養護施設も無事に引き渡された。

サヤを含めて子供たちと一緒に新しく住む養護施設へと向かう。

「トウヤ兄ちゃん、今度住むところってどんなとこっ!?」

「サランディール王国で住んでたところよりは大きいかな？　あとは見てからのお楽しみだ」

「おう、楽しみにしてる。ほら、サヤ姉ちゃんも急いでっ」

「そんなに急がなくても住むところは逃げないから」

子供たちに両手を引かれ、小走りになるサヤを見て頬が緩む。

実際にサヤを含めて養護施設を見るのは初めてのことになる。気に入ってもらえればいいんだけど……。

ルミーナも一緒に住むと先に聞いていたので、大人も数人は住めるように個室を作っておいた。

一般街を歩き、ほどなくして新しく住む場所へと到着した。

三階建ての建物を見上げている子供たちに声を掛ける。

「ここが新しく住むところだよ」

「おぉ、立派だ。すげー！」

「「「「わーい」」」」

子供たちは走って建物の中へと入っていく。サヤが止めようとしたが子供たちは建物の中へと消えていった。

「トウヤさん、申し訳ありません……」

「気にしないでいいよ。子供たちも嬉しそうだし。中に入ってみてよ」

サヤの背中を押し、一緒に建物の中へと入る。

建物の入り口を入るとホールとなっており、一階には食堂や厨房、そして事務室がある。

二階から上は子供たちの部屋とサヤやルミーナが泊まるための個室になっている。

子供たちは建物の中を走り回り、自分たちの部屋を探していた。

「おい、トウヤ。この建物はいつから使えるようになるんだ？　私もここに引っ越す予定だからな」

一番後ろをのんびり歩いていたルミーナから声が掛かる。

実際には建物ができたばかりなので、これから使用申請をする必要がある。それによって国からの補助金などが支給されると聞いている。

まぁ俺の資産を考えたら補助金がなくても問題はないけど、これから先のことを考えたら申請はしておいたほうがいいだろう。

「使うのはいつでも問題ないよ。帝国への申請については俺はあくまで後援者ってことで代表者はサヤになってもらうから」

「そんな……。トウヤさんが全部用意してくれたのに……」

「気にしないでいいよ。これからはサヤに全部やってもらわないといけないし」

「それならサヤ、今週末にでも引っ越しをするぞ。どうにも貴族街は性に合わないからな」

サヤとルミーナと三人で建物へと入る。中では子供たちの走り回る音が響いている。

部屋を案内しながら二人に説明すると、サヤの目は子供のように輝いていた。

三階まで上がると子供たちが自分たちの部屋決めをしていたようで、各自、ベッドを確保していた。

「あ、トウヤ兄ちゃんだっ！　ねぇねぇこれからここに住んでいいんだよね？」

子供たちが希望に満ちた視線を送ってくるので素直に頷いた。

「あぁ、今週末には引っ越しをするつもりだ。そうしたらお前たちが住むことになるぞ。ちゃんとサヤの手伝いもしろよ？」

「もちろん！　サヤ姉ちゃんは俺たちに任せろ」

子供たちの返事に思わず頬が緩む。やはり子供の笑顔は一番だ。

一通りの見学を終え、週末の引っ越しを行うために屋敷に戻って荷造りを行うと、サヤたちは戻

っていった。

俺も自分の屋敷へと戻り、ダリッシュに引っ越しの手配を頼む。

大した量はないとはいえ、大人はサヤとルミーナの二人しかいない。荷馬車を含めていろいろと手配しておく必要がある。

その後、執務室でサヤを代表とした養護施設の開設届を記入した。

∞　∞　∞

こうして週末には引っ越し作業を無事に終え、俺はサヤとともに役所へと届け出書類を持っていくことに。

窓口にて書類を提出する。

「少々お待ちください」

受付をした女性が書類を奥の上司へと持っていくと、その上司は書類を持ってカウンターまで出てきた。

「お待たせしました。こちらで話を聞きますのでどうぞ」

上司の男性に個室に案内される。

勧められるまま、俺とサヤは男性の向かいに座った。

「書類を確認させていただきました。いくつか質問をさせていただきますね。現在は代表者のサヤさん一人で、えーっと、子供が二二人ですね。一人でこの人数を大丈夫でしょうか？」

「えぇ、トウヤさんも見てくれますし、今でもBランクの冒険者が子供たちの相手をしてくれてますから」

男性は俺のほうへ視線を向ける。

「トウヤさんってあなたですか？」

「えぇ、そうです。Aランクの冒険者をしています」

ここで貴族の名前を出してもいいが、そうしたら役所の担当者では格が下となってしまう。しかも養護施設は管轄する貴族がいるので、その貴族の顔をつぶすことになりかねず、あくまで冒険者としての立場を通す。

「そうですか。それでしたら当面の資金については問題ありませんね。これから書類を作成し、上司、担当貴族の審査が下り次第承認という形になると思いますが、少し時間がかかるかもしれません」

「時間というとどれくらい……？」

サヤが質問をすると、男性は腕を組み少し考え込む。

俺はそっと銀貨を数枚入れた小袋を取り出し、男性に握らせる。

いくら役人とはいえ、多少の賄賂は必要だと理解している。本当は不正になるのかもしれないが、いざとなったら侯爵という立場を出せば問題ない。

「できるだけ早めにしてくれると助かりますのでよろしくお願いします」

男性はテーブルの下で小袋の中身を確認すると、何もなかったようにポケットに小袋を忍ばせて笑みを浮かべ大きく頷いた。

「任せてください。できるだけ早く対応するようにいたします。査察がありますので、そのあとに許可を出すことになります」

「わかりました。ご助力感謝します」

俺が軽く頭を下げると、サヤも合わせたように頭を下げた。

軽く雑談を終えてから、役所を後にする。

二人で養護施設まで歩いていると、サヤが少し悩んだように口を開く。

「トウヤさん、あれでよかったのでしょうか」

きっとさっき渡した賄賂のことだろう。

「まぁ、必要悪ってことになるだろうね。本当ならダメなんだろうけど、貴族が役人に渡すのは違法ではないんだ。俺が侯爵の名前を出して仕事をさせるなら、結局同じように渡すことになるから」

実際に貴族が役人を呼び出してお願いする時には、多少の金銭を渡すことがある。逆に役人は自分の出世のために賄賂を渡すこともあると聞く。俺は役人とのしがらみがない貴族なのでその必要はなかったのだが。

「……そうですか、わかりました。トウヤさんには何から何までお世話になりっぱなしで、どうやってこの恩を返していけばいいのか……」

「そんなこと関係ないよ。俺が子供たちのためにしてあげただけだから」

「ありがとうございます」

サヤの浮かべた満面の笑みに、俺も笑みを浮かべ頷く。

二人で市場に寄り、俺が時限収納に荷物を入れられるからと、大量の食材を買ってから養護施設へと戻る。

子供たちは庭で走り回ったり、食堂で遊んだりしていた。

……やっぱり子供はこうじゃないとな。

先日行った養護施設を思い浮かべながら食事の準備をする。

パンを籠に入れて、肉や野菜に火を通してからシチューを作っていく。

出来上がった寸胴を次元収納に一度仕舞ってから、食堂へと運び子供たちの皿へとよそっていく。

全員に行きわたり、サヤが代表して挨拶をする。

「トウヤさんのおかげでこうして新しい養護施設に住むことができました。神々とトウヤさんにお祈りして食事を始めましょう。いただきます」

「「「「いただきます」」」」

新しい養護施設での初めての食事を楽しみながら新しい生活が始まるのだった。

◇　◇　◇

新しい生活が始まって一週間ほどたち、役所の監査が入ることになった。

時間は昼前と聞いているが、やはり心配になり朝食を済ませたあとにすぐに養護施設へと足を運ぶことにする。

監査といっても帳簿と子供たちの生活環境については、申請を出した時に聞かれている。

寄付金が主の収入源となっていて、俺とルミーナ二人の収入だけで賄っている。とはいってもルミーナは宿代程度を寄付しているだけなので、実質、俺一人の寄付だけで賄（まかな）っているといってもいい。

そこだけが少しだけ不安なところである。

俺が爵位を出せば通るのだが、今後のサヤたちの運営のことを考えると正規の手順を通したいので、あくまで冒険者として寄付していることにするつもりだ。

養護施設に着いてから、とりあえず昼食の準備をしていく。昼食はスープとパンが主となっており、買ってきたパンを籠（かご）に入れ、あとはスープを煮込んでいく。

厨房にいると、サヤが顔を出してきた。

「トウヤさん、あの、役所の人がみえたのですが、できれば一緒に……」

「うん、今いくよ」

やはりサヤも一人では不安のようだ。サランディール王国では親の代から続いている施設なので、サヤの代になったからといって監査があるわけでもなかったみたいだ。

ルミーナは冒険者ギルドに行っているので二人で対応することにする。

門に迎えに行くと、三人の男性が立っていた。そのうち一人は見覚えがある。

あの金満養護施設にいた上級監理官だ。

「いらっしゃいませ、今日はよろしくお願いいたします」

サヤが頭を下げるのに合わせて一緒に下げる。

「うむ、そういえば君はこの前会ったね。この養護施設がそうだったのか」

「ええ、そうです。今日はよろしくお願いいたします」

「では、案内してもらうかね」

「はい、ではこちらへ」

サヤが先頭にたち、一階の事務室から食堂、厨房を確認してから階段を上がり、部屋を案内する。

子供たちの部屋については、小さい部屋に無理な人数が押し込まれていないか確認しなければいけないそうだ。

「部屋については問題ありませんね。建物もよく出来ている。あとは食事のチェックですが、その前に帳簿の確認をさせてもらいます」

全員で階段を下りて事務室へと向かう。

テーブルに置かれた帳簿をチェックしていると、やはり気づいたようだった。

「寄付金についてですが、これを見るとほぼ全額がトウヤさんになっていますが、間違いないですか？」

「ええ間違いありません。トウヤさんからいただいている寄付金でほとんどが賄われております」

「……そうですか。トウヤさんは貴方（あなた）であってますよね？　失礼ながらご職業は……？」

「……帝都で冒険者をしています」

「……そうですか」

帳簿をチェックしていた男性の表情が少しだけ歪む。

やはりそこが不安だったが、当たりだった。

冒険者は自分の身一つで稼ぐ職業だ。腕が良ければそれなりに稼げる。

しかしこの世界、何があるかわからない。魔物に襲われて命を落とす可能性だってある。

役所が求めているのは継続した安定的な寄付金である。俺が商会などを経営していれば問題ないのだろうが、不安定な冒険者ということが問題なのだろう。

「それはまずいですね」

上級監理官から声があがった。

「トウヤさんがこの寄付金を出せるほど優秀な冒険者なのはわかります。しかしもう少し寄付金を分散させてほしいのです。その見込みはありますか？」

「……それは……」

帳簿をチェックしていた男性からの質問にサヤは悩み始めた。実際に声を掛ければいくらでも寄付金は集まると思う。

しかしそれはしていない。かといってシャルやアル、ナタリーの名前を出せば問題ないのだろうが、さすがに帝国の上層部過ぎる。俺との繋がりを疑問に思われたくない。

二人で返答に困っていると、上級監理官は少しだけ悩んだ後に口元を緩める。

「まぁ……許可が出るかは私たち次第です。後援者としてどうでしょう？」

言っていることはわかった。とりあえず賄賂をよこせってことだな。

まぁ金貨数枚なら今後の補助金を考えたら安いものだと思っているし、申請の際にもそのような助言は言われている。

「それはもちろん。ぜひよろしくお願いします」

金貨を入れた小袋を持ち、握手をするように上級監理官に握らせる。話を早くまとめるのには必要悪だと思っている。

この先何か言ってくるようだったら、最終的には身分を明らかにする方法もあるしな。

上級監理官は一度振り返り、中身を確認してから笑みを浮かべた。

「うむ……。書類の監査はこれくらいで大丈夫でしょう。あとは子供たちの食生活だけ確認します。他は何かありましたら後から連絡をしますが、何事もなく許可が下りることでしょう」

「そうですかっ！　ありがとうございます」

上級監理官の言葉にサヤがお礼を言う。

「それでは食事を見せてもらえますか」

「もう準備もできているので、少し温めるだけになっております」

「サヤはここにいて。俺は子供たちと準備をしてくるよ」

サヤに後を頼んで俺は厨房へと向かい、スープを温めてからパンを持ち食堂へと向かう。

子供たちは全員食堂ですでに待っていた。

「トウヤ兄ちゃん、もうお腹減ったよ」

「ちょっと待ってな。今から配るから」

順番にスープをすくい子供たちに配っていく。中央には自分たちで取れるようにパンをいくつか籠に入れておいてある。

準備が整ったところでサヤが監理官たちをつれてきた。

子供たちは知らない人たちが来たことに不審な目を向けるが、サヤの言葉で食事に入る。

監理官は寸胴に入ったスープなど、子供たちの食事を食べている風景を確認し、満足したのか笑みを浮かべて頷いていた。

「食生活も問答なさそうですね。子供たちの表情も明るい」

「そう言ってもらえると助かります」

「それではこれで私たちは失礼しますね」

「門までお送りいたします」

監査をしていた三人が引き上げるのを門まで見送る。

やっと終わったかと思うとため息が漏れる。

「それにしてもトウヤさん、いいのですか……？　貴族という立場を出せば、あの……賄賂など渡す必要はなかったのでは……」

「本当ならね。できれば身分は隠しておきたいんだ。養護施設を管轄している貴族は別にいるし、口を出すと相手の顔をつぶすかもしれないから黙っているつもりなんだ。俺の名前を出してあまり強引にするとサヤがやっかみを受ける可能性もあるから。まぁ何かあったら貴族の立場を出すつもりだけど……」

この養護施設や子供たちに危険が及ぶなら、いつでも貴族としての立場を使うつもりでいる。そこにためらいはない。

ルミーナもこの養護施設に泊まっているし、何があっても大丈夫なはず。

「それよりも早く戻ろう。子供たちも待っているから」

「そうですね。緊張が解けたらお腹がすきました」

サヤと笑みを交わし、子供たちと食事をするために食堂へ戻ることにした。

二 陰謀

役所に設けられている担当貴族用の執務室では、一人の貴族が書類を眺めながら決裁をしていた。もともとは父親が担当をしていたが、先日の戦争で亡くなったために代替わりをし、役目を果たしている。

基本的には上級職の役人がすでに確認しているので、ほとんどが決裁印を押すだけであったが、一枚の申請書で手が止まる。

「おい、誰かいるか」

「はい、お呼びでしょうか」

一人の役人が貴族の御用聞きのために執務室へと入ってくる。

「これの説明をしてくれ」

一枚の申請書を役人に手渡す。役人はその場で目を通して頷(うなず)いた。

「これは監理官がおりますので今お呼びいたします」

役人は部屋を後にし、担当した監理官を呼びに向かった。

ほどなくして監理官が執務室へ入ってくる。

「お呼びと聞きましたが……」

「あぁ、この新しい養護施設についてだ。これはどうなっている？」

「えぇ、実際に監査を行いましたが、収入に少し不安なところはありますが、特に問題はないと思い許可を出しました」

「……収入に不安なところだと？　何があった？」

「実は――」

上級監理官は実際に現地を見たところを説明する。その説明を聞いた貴族――マッグラー子爵は笑みを浮かべた。

「そうなると、その寄付の主となっている冒険者がいなくなった場合、その養護施設は資金的に回らなくなるということだな」

「……確かにそうですね。まだ若いですがそれなりのランクで資産があるのかもしれません」

「そうか……。例のアレだが、評判が良くてな。もっと増やせないかと要望がきているのだよ」

「子爵……。アレをその養護施設でもやろうと……？　あまり手を広げるとどこからか漏れる可能性が……」

「うるさいっ。それで潤えば問題なくなるだろう。また手配は任せたぞ」

「……はい、わかりました。同じように手配しておきます」

上級監理官は一礼してから執務室を退出した。

自分の席につき、頭を抱える。今までを振り返り自分のことを品行方正だとは思ってはいないが、それでも限度はあった。

事が明るみに出たら、子爵ともども極刑になるのは理解していたからだ。

だが、子爵の言いなりになりいろいろな手配をしたことで今の地位まで引き上げてもらったこともあり、簡単に断ることはできない。

一度悪事に手を染めたら逃げ出すことなどできず、次々とくるマッグラー子爵からの要望に応えていかなければならなかった。

諦めた上級監理官はため息をひとつつき、席を立つ。

そして指示を受けた通りの依頼をするために、役所を後にするのだった。

◇ ◇ ◇

侯爵とはいえ領地経営の仕事があるわけでもないので、養護施設へと通う日々が続いていた。

役所からの養護施設の許可はすぐに下りて、補助金はもう少ししたら支給されるらしいとサヤから教えられた。

帝国からの支給額だけでは運営はできないが、俺が寄付していれば今後も運営には問題ないはずだ。

そろそろ冒険者の依頼でも受けようと思いながら、夕食を養護施設で済ませ薄暗くなった街を歩いていると視線を感じた。

……誰かにつけられている？

振り返らずに探査(サーチ)を使う。人通りが少ないとはいえ、まだそれなりに人が歩いている。

一直線に屋敷へと戻らずに遠回りして歩いていると、やっぱり視線を感じた。

つけてきているのは五人か。

「これはまっすぐ帰るわけにはいかないよな……」

俺が貴族だと知っている者はいるが、普通の人の多くは俺がただの冒険者だと思っている。

だからといって養護施設から出てきているのが知られているのなら放置はできない。

それにしても心当たりがないんだよな……。直接聞いてみるしかないか。

足を貴族街ではなく、スラム街へと向ける。だんだん街並みは寂れていき、ふと見つけた路地に一気に駆け込む。

奥まで行くと見事なまでに突き当たりだった。

後ろから数人の駆ける音が聞こえてくる。

……やっぱり来たか。

路地に来たのは冒険者風が五人。全員武器をぶら下げている。鎧は皮製だが薄汚れていた。

「さんざん歩きまわりやがって。まさか自分からこんなところに迷い込むなんてな」

「そうだな。手間かけさせたぶん、楽しませてもらおうか」

先頭に立っている二人がニタニタと笑みを浮かべている。

「俺に何か用が……？　初めて見る顔だけど」

正直、低ランクにしか見えない冒険者たちに恐怖感などない。

しかし俺があまりに普通に接しているのが気にいらないのか、一人が眉を吊り上げた。

「お前には少しの間、冒険者を休業してもらおうと思ってな。そのまま引退になるかもしれんがな」

「あははっ。確かにそうだ。そのまま墓場に行っちまうかもな」

「「「ぎゃははははっ」」」

男たちの言葉にため息をつく。荒行を日頃からしているのか、すでに自分たちのほうが強者だと思っているようだ。

これでもAランクなんだけどな……。見た目じゃわからないだろうけど。

「お前たちにそんなこと言われる筋合いもないと思うんだけど……」

「若いのに随分強気だな？　だから他から恨みを買うんだよ。武器も持たずにこんなとこ入り込んじまって。荷物も金も全部もらってやるからよ」

「それは……どこかからの依頼ってことか……？」

「さぁな。そんなこと聞いても仕方ないだろう。さっさと仕事終わらせちまおうか」

全員が剣を抜いた。三人はロングソードで二人は短剣だ。じわじわと俺を囲むように距離を縮めてくる。

「とりあえず腕だけはもらっておかないとな」

「まさか手ぶらのガキが相手とは思わなかったけどな……楽な仕事で助かるな」

やはりどこかからの依頼か……。待っていても仕方ないので、次元収納（ストレージ）からバスターソードを取り出して先を男たちに向ける。

「さて、どこが手ぶらなのかな？　お前たちにはじっくりと聞かないとな」

どこからともなく出したバスターソードに男たちは一歩だけ後ずさる。

「どこからそんなの出したんだ……？」

「まさか戦士系なのか、こいつ……」

「しかし五人で囲めば問題ない。お前らいくぞっ」

五人一気に駆けてくる。振りかぶる剣にバスターソードを合わせ一人を吹き飛ばし、もう一人には左手で作った空気弾（エアバレット）を撃ち、二人が戦闘不能になっているところにそのまま飛び込んでもう一人には蹴りを放つ。残りは短剣を持っていた二人だ。

そのまま二人の横を駆け抜けて、逃げられないようにポジションを入れ替える。

「あっという間に残り二人だよ？　まぁ依頼者を吐いてもらわないといけないから全員逃がすつもりはないけどな」

バスターソードを構え逆に二人に迫っていく。二人はもう戦意がないのか身体を震わせているが逃がすつもりはない。

依頼者についても吐いてもらわないといけないし、同じようなことを繰り返さないためにも、きっちりと牢屋（ろうや）にぶち込むつもりだ。

二人を続けざまに剣の腹で殴りつけ、意識を飛ばし転がす。

「うーん、とりあえずこいつらどうするかな……。このまま放置して大通りまで衛兵を呼びに行ってもいいけど……。戻ってくるまで無事でいられると思えないしな……」

ここら辺は裏道だし、スラムも近い。意識がない者が転がっていたら身ぐるみ剥（は）がされるだろう。命まで取られてもおかしくない。

「仕方ない。連れていくか……」

次元収納(ストレージ)からロープを取り出して、とりあえず全員を並べて縛りつける。

転がっている武器は次元収納(ストレージ)に仕舞う。

五人を繋(つな)げたロープの端を持ち、身体強化(ブースト)の魔法を唱え、男たちを引きずるように路地を出る。

いくら繁華街から逸(そ)れたところとはいえ、それなりに人が歩いている。

五人をロープで引きずる俺の姿は注目されても仕方なかった。少し恥ずかしい気持ちを持ちながら繁華街のほうへ歩いていくと、こちらに数人駆けてきた。

向かってきたのは、剣を片手に持った衛兵たちだった。

やっとかと思い、ロープを手放したため息をついた。

「これはどうなってるんだっ!?」

四人の衛兵は俺のほうに二人、意識のない五人のほうへ二人が確認に向かった。

「歩いてたらこいつらから襲撃を受けて返り討ちにしたので、衛兵さんに引き渡そうかと」

「……五人を一人でか……」

「えぇ、それなりの腕はありますので」

「身分を証明するものは持っているかい？　見たところ冒険者のようだが」

「あぁ、それならこれを」

俺は懐からAランクの冒険者カードを取り出して見せる。

「Aランクか……。それは、この襲撃者たちも相手が悪かったとしか言えないな……」

もしこいつらが俺のことをAランクだとわかっていたら襲ってこなかったかもしれない。

そういえば……。

「そういえば、こいつらは誰かの依頼で俺を襲ったと言っていました。もしかしたらこいつらを雇った依頼者がいるかもしれません」

俺の言葉に衛兵の隊長だと思われる男が腕を組んで考え込む。

「冒険者を襲うように依頼するか……。しかも相手はAランクと知らずに……。あっ」

隊長は表情を変え姿勢を正した。

「あの……。もしかしたら貴方は救国の英雄であられる、キサラギ侯爵では……？」

隊長の一言で衛兵全員の表情が凍りついた。

この帝国で、俺が冒険者であることは有名なのは自分でも知っている。帝都まで占領されていた戦争の勝敗をひっくり返したのだから。

しかも勇者との戦いに勝利したことで帝国の住民たちの話題にならないことはなかった。

〝トウヤ〟という名前と〝Aランク〟という二つの要素に気づけば、俺の名前が出てくるのは仕方ないだろう。

ならばと、俺は貴族証も取り出し提示する。

「あぁ、黙っていてすまない。トウヤ・フォン・キサラギだ。今は冒険者の格好をしているので考慮してほしい」

俺を救国の英雄だと認めると、衛兵たちの目は一気に輝いた。

「おぉ、あの英雄と会えるなんてっ！　ファンです！」

若い衛兵がそう言いながら俺に向かってきたところで、隊長がその首根っこをつかんだ。

「お前、失礼だろう。侯爵閣下だぞ！　キサラギ侯爵、失礼いたしました」

「いや、それは構わない。それよりもこいつらを頼む。できれば裏にいる依頼者を吐かせてもらえれば助かる」

「わかりましたっ！　責任をもって吐かせます。おいっ、こいつらを詰め所へ連れていけっ！」

隊長にこいつらが持っていた武器も手渡し、襲撃者たちを連行するのを見送った。

「それにしても誰だろう……。俺の実力を知っているならあんなレベルの襲撃者に依頼なんてしないはずなのに……」

俺のことを知っている者ならありえない。それなら一体誰が……？

「そのうち犯人が誰だかわかるかな……」

そう思いながら屋敷へと足を向けた。

∞　∞　∞

数日後に衛兵が報告のために屋敷を訪れた。

依頼してきた人物はフードを被(かぶ)っており、男性だとはわかったが人相については不明とのことだった。

まぁ仕方ないよね。そんな簡単にわかるはずはないし。

襲撃した者たちは冒険者ではあったが、Dランクだった。冒険者ギルドからの情報ではあまり依頼を受けている様子はなく、裏稼業専門なのだろうとの推測だった。

結局、依頼者はわからず終（じま）いである。

「さて、何もわからなかったか……。俺のことだけ狙われるなら問題ないけど、もし養護施設に向かったら、いない時じゃ対応できないし」

ルミーナが泊まっているから問題ないとは思っているが、日中からいるとは限らない。

最近は冒険者ギルドで依頼を受けていたしな……。

一度相談してみるか……。

数日後にギルドの一角にある酒場でルミーナと打ち合わせを行うことになった。

養護施設でもよかったのだが、きな臭い話のため、サヤに聞かせるわけにもいかずギルドの酒場でとなった。

まぁルミーナの要望でもあったんだけど……。

「トウヤ、まずは冷やしてくれ」

エールの注（つ）がれたジョッキを俺に突き出してくる。

相変わらずのルミーナに苦笑しながらも、魔法で俺の分を含めて冷やしていく。

「まぁ話をする前にとりあえず乾杯だ。かんぱーい！」

「乾杯！」

向かい合ったテーブルでジョッキをぶつけ合い、口へと運んでいく。

やはりエールは冷えているほうが美味(うま)い。

「ぷはっ！　やっぱり冷えたエールは最高だな。本当ならトウヤとはパーティーを組んで常に一緒にいたいが、そうもいかんからな……貴族様なだけに」

「今はそれはなしでかまないだろう……。昔からの仲なんだし」

ルミーナとは気づかいされない関係が続いているのがありがたい。

冒険者ギルドの中でも交友はあるが、やはり俺が侯爵という立場上、踏み込んでくることもないし、どこか気を使っているのを感じるからだ。

しかも同じ依頼を受けた者は俺の実力を垣間見て余計に壁のようなものを感じるらしい。貴族であるシャルやアルは現在城で生活しているため一緒に依頼を受けることなどないが、ルミーナは同じ冒険者として対等な立場でいてくれる。

たまにおかしなことを発することもあるが、この世界に来て数少ない心を許せる友人と酒を交わしあうのはやはりいい。

酒が少し進んだところで肝心の用件を話すことにする。

「トウヤのことを襲うなんて……。相当なバカだな。普通に依頼をこなしていれば嫌でも耳にするだろうに。本当に裏の仕事しかしていないのかもしれないな……」

「あぁ、そこはギルドマスター(グルシア)にも調査を依頼している。背後に誰かいるはずだからな」

ルミーナは腕を組んで少し悩み始める。

腕を組んだことによって持ち上がる胸に少しだけ視線がいく。

「わかった。なるべくサヤたちと一緒にいることにする。依頼も近くの日帰りのものを選ぶつもりだし、もし日をまたぐ依頼を受ける場合は事前にトウヤに話をしておくな」

「あぁ、そうしてもらえると助かる」

「そういえば、養護施設のことで聞きたいことがあったんだ」

帝都でいくつもある養護施設のうち、見学させてもらった一か所だけやたら豪華な建物で神父も多くの金品を持っていそうなこと。子供たちは何かの作業をひたすらしていて、他とは違い元気がなかったこと。

俺が疑問に思ったことを話していくと、ルミーナの表情は曇っていく。

「いくら大手商会からの寄付が多いからって、贅沢させるほどの寄付は行わないはずだ。きっと何かあるな……。あっ、もしかしたら……」

ルミーナは何か引っかかることがあるようだ。

「どうした、ルミーナ？　何かあるなら教えてほしい」

「あぁ、実はギルドの受付嬢から、高ランク向けに内々で依頼の相談があったのだが、商会と他国との裏取引の調査というものだった。それには人身売買も含まれる。この帝国では奴隷制度は認められていないが、他国では違う。隣国のシファンシー皇国では合法だしな」

「……もしかするとその商会と繋がっているかもしれないと……？」

「まぁ可能性があるだけだがな……」

養護施設の様子を思い浮かべてみると、確かに成人間際の子供たちは少なかった気がする。実際に成人である一五歳を迎えると養護施設を出なければならない。普通なら繋がりがある商会に勤めたり、冒険者になったりするのだが、それがもし人身売買として売られていたら……。

思わず握りしめた拳に力が入る。

「トウヤ、そんな顔をするな。それなら私とその依頼を受けてみるか？　確か依頼の難度はCランクだったはず。私たちなら問題なく受けられる。今までは一人だったから受けなかったが、トウヤと一緒なら問題ないはずだ」

「あぁ、一緒に受けるよ。もし人身売買などしているなら許せないからね」

「わかった。明日依頼を受けておく。できれば一緒に来てほしいから昼にギルド待ち合わせでいいか？」

「うん、よろしく」

ルミーナと明日からの依頼について話し合い、その日は解散することにする。

次の日。ダリッシュを呼び、疑惑の残る養護施設について調べてもらうことにした。

「あの養護施設ですか……。確かあそこの養護施設と取引をしているのは、スエーン商会だったと思われます。皇国との輸出入が主な取引だったかと」

「そうか、スエーン商会のことを少し教えてほしい」

「はい、スエーン商会は――」

思ったよりダリッシュは情報を持っていた。優秀な家令を紹介してくれた陛下には感謝するしかない。

冒険者の装いをし、ギルドで待ち合わせしているルミーナと落ち合う。

まだギルドの調査依頼は残っていた。

調査だけになるので、依頼料はあまり高いわけではない。しかも調査する商会すら定まっておらず、塩漬け状態だったのが理解できた。

ついでにギルドマスターに面会を頼むと、新人だったのか受付嬢が顔を顰める。

「ギルドマスターはいろいろと忙しいのです。そんなに簡単に会えませんよ？」

「わかっている。これを見せてダメならそれでいい」

俺はギルド証をテーブルに置く。

見て一発でわかる金色に光るAランクのカードを見て、受付嬢の顔が青ざめた。

「Aランクですかっ!?　失礼しました。すぐに確認してきます」

焦ったように受付嬢は奥の階段を上っていく。数分もしないうちに額に汗をかいた受付嬢が戻ってきた。

「ギルドマスターがお会いになるそうなので、ご案内いたします」

「あぁ、助かる。ルミーナ行くぞ」

「わかった」

ルミーナと一緒に受付嬢の後を追う。

ノックをして許可が出ると受付嬢とともに部屋に入る。

「よう、トウヤ。久々だな。もう冒険者稼業などしていないと思ったよ」

「グルシアも相変わらずだな。またさぼって酒でも飲んでるのかと思ってたよ」

「おいっ！　それは言うなよっ！　あの時はあの時だ。今は仕事をしているぜ」

グルシアが笑みを浮かべ手を差し伸ばしてきたので軽く握手をする。

帝都奪還計画で俺とともに活躍し、褒賞として正式なギルドマスターとなったグルシアと気軽に会話する俺に受付嬢は驚いたような表情をした。

「あ、お前はトウヤのこと知らないんだっけか」

「はい……存じ上げておりません……」

ギルド内でも俺のことは少数にしか知られていない。冒険者稼業をするのに〝救国の英雄〟と〝侯爵〟の知名度は邪魔でしかないからだ。

「なら仕方ないか。受付なら覚えておけよ？　こいつがこの帝国の〝救国の英雄〟でもあるキサラギ侯爵閣下だぞ」

「えっ……えっ!?　えぇぇぇぇぇぇぇ!!」

含み笑いをするグルシアと顔を真っ青にする受付嬢。

その場で膝をつこうとする受付嬢を止める。

「……先ほどは申し訳ありませんでした……。知らなかったとはいえ失礼な言葉を……」

「いいよ、今は冒険者としてここにいるしね。最近はあまり冒険者の仕事はしていなかったから仕方ないよ」

「ありがとうございます。それにしてもあの英雄とお会いできるなんて光栄です。ぜひとも握手してもらえますか……？」

「まぁそれくらいなら……」

気軽に握手に応じると、先ほどまでとは違い満面の笑みを浮かべて受付嬢は部屋を退出していった。

「とりあえず座れよ。何か用事があるんだろ」

「あぁ、依頼を受けるにあたってな」

裏取引の調査の依頼を受けたことと、養護施設とダリッシュから聞いたスエーン商会についてルミーナを含めて話をしていく。話を終えるとグルシアは腕を組んで考え始めた。

「スエーン商会は確かにシファンシー皇国との輸出入で潤っているな。それにしても養護施設と組んで人身売買か……ありえるな……」

「あぁ、他の商会にもあるんだろうが、今回はスエーン商会と養護施設を主に調べるつもりだ」

「調査といってもトウヤの場合、そのまま解決しちまいそうだしな。よし、調査だけでなく解決までしたら、依頼料は上乗せするぜ」

「まだ解決できるとは言ってないけどな……」

「いや、これは多分トウヤにしか解決できないはずだ」

自信満々に言うグルシアにルミーナは首を傾(かし)げる。俺も同じ気持ちだ。

「なぜ、トウヤじゃないとできないんだ？」

「そりゃ、裏に――貴族がいるからだ。普通の冒険者が対応しても、貴族にもみ消される。場合によっては不敬罪とか理由をつけて冒険者が断罪される可能性だってある。それに比べてトウヤは侯爵閣下だろう？　それを処分できる奴なんてこの帝国には一人もいないだろう」

「……確かに」

ニヤリと笑って答えたグルシアに、ルミーナは深く頷いた。

確かにそこらの貴族が出てきても、俺に文句を言えるはずもない。しかも俺が違法性を確認したらその場で断罪すらできる立場だ。

それだけこの帝国で上級貴族というのは強い存在だった。

まぁ勝手に断罪をして処分することはないだろうけど。陛下に確認はしておくつもりだし。

「これでこの塩漬け案件が解決するのは確定だな」

「おい、随分簡単に決めつけるな」

「そりゃそうだろう。この帝国を救った英雄が、こんな案件楽にこなしてもらわないとな。あ、そうだ。あの酒持ってないか？　大事に飲んでいるが手に入らなくてな……」

俺の持っている酒か……。この帝国を救った時にも乾杯したしな。

仕方ないから時限収納(ストレージ)から一本だけ取り出してテーブルに置いた。

「おお！　これだこれ！　やっぱり持っているじゃねーか。助かるぜ！」

喜ぶグルシアにルミーナは不思議な表情をする。

「……トウヤ……。その酒はなんだ？　私は飲んだことないぞ」

「なんだ？　トウヤと付き合い長いのに飲ませてもらったことないのか？　めちゃくちゃ美味いんだぞ」

「…………」

ルミーナからの無言の視線が痛い。

諦めて時限収納（ストレージ）からもう一本取り出してルミーナの前に置く。

「さすがトウヤ。わかっているな」

「ルミーナだっけか。その酒は美味いぞ。以前トウヤから一本もらったから、封が開いているやつがあるはずだ。ちょっと飲んでみるか？」

「ギルドマスター。それはいい考えだ。私も試飲したいしな」

ちょっと待ってろよ、と言い、グルシアは奥の棚から半分以上減っている同じ瓶を持ってきた。

グラスも三つ取り出し、少しだけ注いでいく。

「おい、グルシア。職務中は飲んだらダメなんじゃないか？　前にもそれで怒られていたよな」

「トウヤ、細かいことは気にするな。これは仕事だ。侯爵閣下に誘われてお付き合いしているんだから、断れるわけないだろう？」

もっとも染みた言い訳に思わずため息がでる。

「まぁそれよりも飲むぞ。依頼の完遂を願って乾杯」

「乾杯！」

「……乾杯」

三人でグラスに口をつける。

芳香な味わいが口の中に広がっていく。

やはり美味いな……。

ルミーナも一口飲んで目を大きく見開いた。

「トウヤ、この酒はいったい⁉　酒精は強いがこの香りと口の中に広がる芳香な味。なんで今まで隠していたっ⁉」

「そう言われてもな……。いつも冷やしたエールしか飲んでないし」

ルミーナは冷やしたエールを飲むためにしか酒場に行かない。

まさか店に自分の酒を持ち込むわけにもいかないので、この酒を出すことはなかったのだ。

「美味いだろ。ほら、もう一杯」

「ギルマス、感謝する」

俺を放置したままでのグルシアとルミーナの試飲という飲み会は、他のギルド職員が来てグルシアが怒られるまで続いたのだった。

∞　∞　∞

さっそくルミーナと二人で養護施設の監視を始めることにした。

路地裏から養護施設の入り口を見ているだけなのだが……。

「……それにしてもルミーナ、その格好は……？」

どう見てもルミーナの格好は不審人物だ。

「いや、目立たないような格好をしてきただけだが……？」

ルミーナはいつものビキニアーマーに頭までフードを被っているだけなのだが、その色がおかしい。

なぜこんな時に目立つピンク色を着ているんだ……？

しかも無意味に飾りがヒラヒラとかついているし。逆にどこで売っているのか知りたいと思うくらいだ。

通りかかった通行人もルミーナのことをチラッと見て目を逸らす。

一緒にいる俺も通行人だったら目を逸らすと思う。

「……そうなんだ。そのフードはどこで……？」

「いや、酒場で娼館（しょうかん）の子と仲良くなってな、目立たない格好と言われて教えてもらったんだが……。何かおかしいか？」

その女に説教をしたいと思う気持ちを抑えながら、養護施設の入り口に視線を送ると、ルミーナがゴソゴソと荷物を漁（あさ）って目の前にパンを出してきた。

「これは……？」

「いや、監視するならこれは必須と言われてな。ほら、ミルクもあるぞ」

どこの探偵だよっ！　って突っ込みたいのを我慢してパンを受け取る。

さすがにこの世界には日本のようにあんパンはないから、サンドウィッチだった。

一口食べたが、なかなか美味しい。

ミルクも受け取って飲んだが……少し温い。ルミーナも同じことを考えていたようで、ミルクが入っている瓶を俺に突き出してきた。

仕方ないなと思いながら魔法で冷やしていく。もちろん自分の分もだ。

冷えたのを確認したルミーナは、一口ミルクを飲んで満足したように頷いた。

「やはりエールもミルクも冷えているほうが美味いな」

「確かにな……」

言ってることには同意できるが、なぜ監視するのにパンとミルクを用意したのか、ルミーナに無駄な知識を教えた人に問い詰めたい。


監視を始めたが、大きな問題が一つだけあった。

「ルミーナ……。やっぱり、ソレ、どうにかならないか？」

俺の言葉にルミーナは不思議そうに首を傾げる。

「何か問題があるのか？」

「あるよっ！　どう考えても監視にその格好はおかしいだろ」

いつものビキニアーマーも変なのに、上にピンク色のフード付きのマントはさらに変だ。

「そんなものどこで手に入れ――。もういいっ。目立たないようにしてくれ」

渋々ながら頷いたルミーナと監視を続けることになった。


数日が経った時、商会風の男が養護施設へ入っていった。

「おい、ルミーナ。入っていったぞ」

「ついにか……。もっと時間がかかると思っていたが」

会話を聞ければ決定的だと思うが、忍び込むわけにもいかず、そのまま監視をしていると一時間ほどで神父と一緒に出てきた。

「では、神父。いつものように明日よろしくお願いしますね」

「ふふふ、もちろんです。子供たちには明日寝室を分けるように手配しておきます」

男が立ち去った後、神父は養護施設の中に戻っていく。

やはり正解だったか。明日、何かしら取引があるはずだ。もっと長期間かかると思っていたが思ったより早く決着がつくかもしれない。

「ルミーナ、明日、何かしら取引があるみたいだ。明日は昼夜監視するぞ」

「あぁ、わかった。武器は携帯しているが、今日と変わらない格好をしてくるつもりだ」

初日からピンク色のフードを被ったままだったが、ルミーナの中では当たり前の格好のようで、もう口を挟まないことにした。

あとは明日、どんな取引があるのか……。

俺はしばらく養護施設の入り口を見つめてからギルドへと向かうことにした。


冒険者ギルドでグルシアに状況を話し、連絡用に冒険者を一組手配してもらうことになった。

ギルドへの連絡、場合によっては衛兵たちにも連絡しなければならない。

戦闘が起きたとしても俺たち二人で十分に対応は可能だと思うが、その後がどうにもならない。

戦闘をさせるつもりはないのでグルシアに任せたが、紹介されたのはまだ若い三人組だった。

若いといっても俺と歳は変わらないだろうが……。

男性二人と女性一人でランクはEランク。ルミーナを見て男二人は顔を赤くし、連れの女性に杖で叩かれている。

「私はルミーナ、Bランクだ。剣士をしている」

「依頼を受けてくれてありがとう。俺はトウヤ、回復術師でランクはAだ」

歳の変わらない俺がAランクだと知り、三人は目を大きく見開いた。

まぁそれは普通の反応だよな……。

各自の自己紹介を終え、役目について説明していく。三人は納得したように大きく頷いた。対人戦を行う可能性がなくなったことに安心した様子だ。

路地裏に隠れて様子を窺いながら待っていると、一台の馬車が養護施設の前に停まった。帆がかかっており、中身は見えない。

馬車からは数人の大人が出てきて次々と建物に入っていく。

「もしかしたらアレかもしれない。みんな準備はいいか？」

「もちろんだ、いつでも準備はできている」

三人とも頷いて、いつでも駆ける準備ができていた。

「出てきたところを俺とルミーナが襲い掛かって証拠をつかむ。そうしたら衛兵詰め所とギルドに通報に行くんだ」

「「「わかりました」」」

いつでも出られる準備をして待っていると、男が大きな袋を肩に担いで出てきた。

次々と馬車の後ろへと放り投げていく。

探査(サーチ)で確認すると袋の中身は人間で間違いない。恐らく養護施設の子供たちだろう。

「よし、ルミーナ行くぞ」

「おうっ！」

ルミーナと二人で馬車へ向かって静かに駆けていく。ルミーナはそのまま馬車の後ろから乗り込み、俺はその前で待機する。

待ち構えていると男が肩に袋を担いだまま外に出てきた。

俺に気づいた男は表情を変えて叫ぶ。

「お、お前らっ！」

バスターソードを出てきた男に向ける。

「その袋の中身を見せてもらおうか？　もし……子供だったらわかっているだろうな？」

「……っ!?」

男は袋を無造作に投げ捨てると、懐からナイフを取り出して俺に向けてきた。

俺が男たちを引きつけている間にルミーナは馬車へと忍び込み袋の中身を確認していく。

「トウヤ！　やはり袋の中は子供たちだ。他のところにも寄ったみたいで別の子供たちがいる！

予想通りだっ！」

「やっぱりな。お前ら子供をどうするつもりだったんだ？　まぁ全部吐いてもらうけどな」

ナイフを構え襲い掛かってくる男をバスターソードの腹で殴りつける。男は一発で意識を飛ばしその場で倒れていく。

俺は隠れて見守っていた冒険者たちに各所へ通報するように合図を送ると、三人は駆けていった。

これで出てきた奴らを捕まえて、あとは……神父だな。

出てきた男は全部で四人、そして最後に神父が出てきた。

「……これはいったい……お前はっ！」

「神父……お前がやっていることはもう割れている。すぐに衛兵も駆けつけてくるだろう」

「な、なんだとっ！　お前たちこいつを殺すんだっ」

「あぁ、わかっているよ。お前らこいつを囲め」

四人が子供の入っている袋を投げ捨てて俺を囲むように迫ってくる。

「おら、死ねっ！」

四人同時に襲い掛かってくるのを軽く躱し、一人ずつ剣で打ちつけ意識を奪っていく。

全員の意識を刈り取るのにかかった時間は一分にも満たなかった。

「ま、まさかそんな……。えいっ」

神父はナイフを拾い上げると、転がっている袋を手繰り寄せ、ナイフを当てた。

「お前ら、子供がどうなってもいいのかっ!?」

「……おい、神父が保護している子供を盾にとるってどういうことなんだ？」

「私は関係ないっ！　こいつらが仕組んで頼まれていただけだっ……ぐはっ」

神父の視線が俺に集中している間に、ルミーナが気配を消し神父の後ろに回り込んで首に手刀を放った。

一撃で意識を刈り取られて神父はそのまま崩れ落ちた。

「よし、これで全員だな。ルミーナ、この紐で縛ってくれ」

「ああ、わかった」

時限収納から取り出した紐で男たちを縛っていく。逃げられないように手首を体の後ろで縛り、同時に足首も縛りつける。

皆を縛りつけてから、子供たちが入っている袋を開けていく。

やはり口を縛られていた子供たちだった。全員の意識がない。もしかしたら薬で眠らされているのかもしれない。

しかも男たちに投げ捨てられた時にできたと思われる擦り傷があったので、回復と状態異常回復の魔法を掛けていく。

回復させると子供たちは次々と目を覚ました。

状態異常回復で目覚めるなら眠り薬か何かで眠らされていたのかもしれない。

「あれ、なんで外にいるの……？」

目を擦りながら起きてくる子供たちは成人する手前に見える。

「大丈夫か？　痛いところもないかな？　寝る前のこと教えてもらっていいかな？」

俺の問いに子供たちは少し悩んだあと、ゆっくりと口を開いた。

「うんと……。神父様から今日は違う部屋で眠るように言われて……。そういえば甘い匂いのする部屋だった気がする……」

俺は気絶して倒れている神父を睨みつける。

やはり神父もグルだったか。

「トウヤ、全員縛り上げたぞ。次はどうするんだ？」

「とりあえず神父を起こしてどこに運ぶつもりだったのか吐かせよう」

「わかった。ほら、起きろ！」

ルミーナは神父の頬を叩き始めた。何度か叩いていると唸り声をあげながら意識を取り戻した。

「うぐ……な、なんだっ!?」

自分が縛られて身動きがとれないことに気づき、周りを見渡して男たちも縛られていることを理解したのか眉根を寄せた。

「お前たち、何をしているのかわかっているのか……？　冒険者風情が誰を相手にしているのか――」

「――うるさい。誰が相手だろうが、お前が子供たちを売り渡そうとしたことは変わらないだろ……？」

少しだけ殺気を放つと神父は震えながら後ずさっていく。

一歩ずつ神父へと近づいていくと、遠くから大勢の足音が聞こえてきた。

「こっちです！」

通報しに行った冒険者たちが衛兵を連れてきたようだ。

視線を送ると一〇人ほどの衛兵が一緒に駆けてくる。

衛兵が到着すると、縛られている男たちと神父を一瞥してから俺に視線を送る。

「こいつらが人身売買の犯人で間違いないか？」

「ええ、袋に子供たちを詰めて運んでいるのを目撃しましたから。馬車の中には他の養護施設から攫ったと思われる子供たちもいるので確認してください」

「わかった。お前たち馬車を確認しろ」

「「はいっ」」

衛兵の数人が馬車へ乗り込み、他は気絶している男たちを起こし始めた。

「おい、お前たちが犯人で間違いないな」

「ふんっ、知らないいな。俺たちはここにいただけなのにこいつらに襲われたんだ」

「そんな言い訳が通じると思っているのか？」

「そんなの関係ない。俺はスエーン商会の者だ。子供たちはうちの商会で見習いとして雇うから連れてこいと言われていただけだ。なぁ神父、そうだろう？」

「そ、そうだっ。その人の言っている通り。だから悪いことなどしておらんっ」

無茶苦茶な説明に少し驚いた神父も、あわてて首を大きく縦に振って同意する。

衛兵は俺に視線を送るが、他にも証拠はある。

「子供たちが寝かされていた部屋を調べてくれ。甘い匂いの眠りの香があるはずだ。それにその袋の中も。子供たちはその中に入れられており怪我(けが)している子供もいた。中に血がついていてもおかしくない。子供を商会で引き取ると言いながら、眠らせてこんな夜中に袋に詰めて運ぶのか？　お前のところの商会は」

俺の的確な言葉に男は言葉を詰まらせる。

どう言い訳をしてもこの状況が物語っている。それだけは覆らない。

男は忌々(いまいま)しそうな表情をしながら、衛兵に引き立たされる。

「お前たち、どうなっても知らないぞ？　俺たちの後ろにはマッグラー子爵という貴族様がついてるんだからな」

「「……!?」」

衛兵は一気に表情を変えた。

やはり貴族が出てくると衛兵たちでは対応できないのかもしれない。

だけど俺には関係ない。

「……だからどうした？　それならこの人身売買はそのマッグラー子爵がやっているということなのか？　それなら俺たちもギルドにそう説明するつもりだが。勝手に貴族の名前を出して――わかっているのか？」

俺の言葉に失敗したと思ったのか、男は舌打ちをする。

「こいつらの取り調べはこちらでやっておく。君たちも詰め所に同行してもらっていいか？」

「ええ、もちろんです」

馬車や証拠品を押収し、宿泊している職員をたたき起こし、状況を説明した後に二名の衛兵と助っ人の冒険者三人、そして子供たちを残し、衛兵たちが神父と男たちを連行する。俺とルミーナもそれに同行した。

冒険者の三人には朝になったら依頼は完了として報告していいと伝えてある。

一人の衛兵と会話をしながら歩いていたのだが、スエーン商会と事を構えることになるかもしれないと教えられた。

この帝都でも大きな商会で貿易などを手掛けているとのことだ。

マッグラー子爵がこの件に関わっているのかはわからないが、確実に繋がっているはずだとこっそり教えてもらう。

それにしても貴族か……。正直、俺の名前を出せばいいんだろうけど、今の時点で身分を説明したら証拠を隠滅される可能性がある。

ギリギリまではあくでまで冒険者としてのトウヤでいなければならない。

上手く網にかかってくれればいいんだけどな……。

そう思いながら衛兵たちの後を追い、詰め所へと向かった。

∞　∞　∞

「なんだとっ⁉」

スエーン商会の応接室で一人が怒鳴り散らしていた。

昨日の人身売買の現行犯で捕縛されたことは、次の日の朝にはスエーン商会の会頭の耳へと入る。

会頭はすぐに上級監理官に連絡を行い、そこからマッグラー子爵へと報告を行う予定であったが、衛兵詰め所からも役所へと連絡があり緊急性が高いとのことで、朝一番でマッグラー子爵へと報告がなされた。

自分が関わっているだけに腹の中は煮えたぎっていたが、それを表情に出さずに淡々と報告を聞き指示を出した。

会頭自身も詰め所へ赴き事情聴取に応じたが、知らぬ存ぜぬで通し夕刻には解放されることとなった。

そしてその日の夜に三者で極秘の会談が設けられた。

会頭からの説明を聞いていたマッグラー子爵は、怒りで飲んでいたワイングラスを投げつける。

「なんで捕まったんだっ⁉　いつもの通りであったのだろう」

「それが……何やら冒険者が嗅ぎまわっていたらしいです。それで現行犯で……」

「どうするつもりだ⁉　相手方とは話がついてるんだぞ。すぐに他の子供を用意しなければならんだろ」

「そうは言ってもですね……。今回のことで各養護施設に通達が回ったらしく、子供たちの人数まで確認しに来ているらしいです。あそこの養護施設には衛兵が詰めておりますし……」

そこで黙っていた上級監理官も口を挟む。

「実はですね……。その捕縛した冒険者というのが、前に数人けしかけて逆に潰されてしまったAランクの冒険者なんです」

「なに……Aランクだと……。そんな高ランクがなぜ養護施設の調査などやってるんだ⁉」

「それが……養護施設を支援しているようなのです。私が監査をしたので間違いありません」

上級監理官の言葉にマッグラー子爵は考え込む。

「そういえば新規の養護施設の許可を承認したな……。その養護施設のことを教えろ」

「ええ、実はそこの養護施設は――」

養護施設の子供は多くないが、若い女性一人が運営していることを上級監理官が説明していく。

若い女性一人と聞き、マッグラー子爵の口元が緩む。

「その運営者の女はどうなんだ……？」

「まだ成人して間もないですが、それはなかなかの……。まさかっ⁉」

「冒険者なら、依頼を受けて留守も多かろう。新しい養護施設の子供が誰もいなくなってもおかしくはないだろう？」

マッグラー子爵は、注文を受けていて足りなくなった子供をその養護施設から補充することにした。

上級監理官も深く頷く。

「確かに。冒険者は依頼を受けないと金銭は入ってきませんからね。高ランクの冒険者なら遠くの依頼を受けることも多いでしょうし。その養護施設に寝泊まりしている様子ではありませんでしたからね。一晩で全てを終わられば……」

上級監理官の言葉に満足したマッグラー子爵は、新しいグラスにワインを注いで一気に飲み干した。

「なら、わかっているな……？　三日以内になんとかしろ。あと、女はわしの屋敷へと連れてこい。じっくり調教してやるから」

「わかりました。うちの商会の裏の者を全員集めます。三日後までに必ず」

「うむ、それでいい。あとは任せたぞ」

「「はいっ」」

その後、マッグラー子爵が商会を後にし、上級監理官と会頭の二人が残る。

先ほどまでの緊張感は抜け、二人はゆっくりと寛(くつろ)ぎながら酒を酌み交わした。

「それで上手くいきそうか……？」

「必ず成功させねばなるまい。それにしてもマッグラー子爵も無理を言われる。今後は警戒されるだろうから少し大人しくしないとまずいな……」

「そうだな。役所のほうはこちらで上手くやっておく」

こうして遅くまで二人の密談は重ねられていったのだった。

∞　∞　∞

衛兵たちの調査が行われて二日が経った。

未だ進捗はないとのことだ。実行犯は逮捕されたが、裏にいるであろうスエーン商会とマッグラー子爵には辿り着いていない。

俺が屋敷に乗り込んだとしてもシラを切られておしまいになるだろう。

どうにかならないかと考えながら眠りについていると、フェリスに起こされた。

「トウヤ、来客。急いでいるみたい」

「う、うん……。わかった。起きる」

寝間着のままであったがホールに行くと、息を切らしたルミーナがいた。

「トウヤ！　すまない！　子供とサヤが……誘拐されたっ！」

その言葉で眠気が吹き飛んだ。

「なにっ！　ルミーナ！　どういうことだ⁉」

肩で息をしながらルミーナは説明を始めた。

日帰りの依頼をこなし、養護施設で寝ていると急に騒がしくなって部屋を出た。するとと顔を隠した男が一〇人ほど養護施設に侵入していた。すぐに剣を持ち男たちに立ち向かったが、サヤと子供たちの首にナイフを当てられ人質にされていて、何もできなかったと。

サヤと五人ほどの子供が連れていかれたと。

悔しそうに崩れ落ちるルミーナの肩にそっと手を当てる。

「――行き先はわかっている。すぐに着替えるから待ってろ」

俺はすぐに着替えをし、ルミーナと一緒にコクヨウに跨がる。いつもなら他の人を乗せるのを嫌がるコクヨウだったが、俺の真剣な表情を察してか、ルミーナも乗せてくれた。

二人で貴族街から一般街を抜けていく。

目的地はスエーン商会だ。

誰も歩いていない暗い街中を全力でコクヨウを走らせる。

裏手の荷捌き場に馬車が停まっているのを確認すると、そのままコクヨウに屋敷の扉を蹴破らせた。

勢いよく弾け飛ぶ扉を気にせず、俺とルミーナは屋敷へと侵入する。

建物の中を探査で探ると、一つの部屋に数人がまとめられており、すぐに子供たちの居場所はわかった。

しかし豪快に音を立てて侵入したことで、警備の男たちが次々と現れた。

「侵入者だっ！　早く集まれ！」

一〇人を超える男たちがすぐに俺たちのいる場所に集まってくる。

「……トウヤ、ここにいる奴ら、見覚えがある。養護施設を襲った奴らだ」

「……わかった。あとは俺に任せろ。ルミーナは自分の身を守れ」

俺はゆっくりと男たちに近づく。

「お前たち……俺はお前たちを許すつもりはないぞ。攫った子供たちを返してもらおうか？」

「ふんっ、そんなの知らんな。それよりもこの人数差でどうにかなると思っているのか？」

各自が剣やナイフを取り出して構えているのに、俺だけは手ぶらだ。

時限収納からバスターソードを一本取り出して構える。

何もないところから剣を出したことに男たちは身構えるが、引くことはない。

「ルミーナは子供たちを頼む。いる場所は……そこの奥の部屋だ」

「わかった。子供たちは任せておけ」

子供たちの居場所を言い当てられて男たちに緊張が走る。

「これだけいれば怖くねぇ、お前らやるぞ」

男たちが一斉に襲ってくるが、バスターソードを一振りすると、三人の上半身と下半身が分かれることになった。

今回だけは容赦するつもりはない。

三人が一振りで殺されたことに動揺したところの隙をついて、ルミーナは子供たちの場所へと駆け抜けていく。

男たちを掻い潜りルミーナが向かった通路を塞ぐように立つ。

右手でバスターソードを構え、左手には魔力を込め空気弾を放ち二人の身体に風穴を開けて吹き飛ばす。

……残り五人だ。数分で片がつくだろう。

一人を上から斬り捨ててそのまま返すようにもう一人を斬る。

残り三人になったところで、ルミーナが部屋から出てきた。

「トウヤ！　子供たちは全員いる！　でもサヤがいないっ！」

「わかった。お前ら、もう一人の女の子はどこにいった……？」

一人の男が口元を緩める。

「さぁな、俺たちは知らねぇな。もしかしたらどこかで野垂れ――」

言葉を最後まで言わせずに首を斬り飛ばした。

「残り二人……。お前らも言わないつもりか……？」

一〇人いたはずが数分で残り二人になったことで、男たちは剣を捨て尻餅をつきながら後ずさる。

「殺さないでくれ。女は会頭が……貴族のところへ連れていったはずだ……」

やはり絡んでいたか……。

「わかった……。命だけは取らない」

バスターソードを次元収納(ストレージ)に仕舞い、そのまま男たちの太ももに空気弾(エアバレット)を放つ。

「いでぇぇ……」

「ぐふっ……」

二人は血が出てきた太ももを必死に押さえる。

全員を制圧すると、ルミーナが子供たちと一緒に部屋を出てきた。

「「トウヤ兄ちゃん！」」

子供たちは俺めがけて抱きついてきた。全員の頭を撫(な)でる。

「お前たち怖い思いをしたな。助けに来たからもう安心していいからな」

「でも、サヤお姉ちゃんだけ連れていかれたの。トウヤ兄ちゃん、サヤお姉ちゃんを助けて」

「わかっている。俺が必ず連れて帰るから養護施設で待ってるんだぞ」

子供たちに言い聞かせていると、衛兵たちが建物に飛び込んできた。

あれだけ豪快な音を立てて門を壊したから、さすがに気づいたか。

「この屋敷に侵入者が……ってお前はこの前の⁉」

「あぁ、門は俺が壊した」

「それよりもこれは……」

衛兵たちが男たちの亡骸(なきがら)を見て顔を青くする。

「ここにいる子供たちの養護施設がこいつらに襲われて、全員連れ去られた。それを取り戻しに来ただけだ」

「……だからといってこの人数を……？　連れ去られたのはここの子供で全員か？」

「いや、あと運営をしているサヤって子が違う場所に連れていかれた。彼女はこれから俺が取り返してくる」

「……取り返してくるって言われても、この惨状で、はいそうですか、とお前を解放できるわけないだろう。確かトウヤ殿であっているかな？　それでどこに行くつもりだ」

衛兵の問いに素直に頷く。しかしここでのんびりしているわけにもいかない。

「連れていかれたのは……マッグラー子爵の屋敷だ」

俺の言葉に衛兵は目を大きく見開いた。俺がこれから貴族の屋敷を襲うのは目に見えている。

いくら攫われたからといっても、素直に通してくれるはずもないか。

衛兵たちは剣を抜き俺に向ける。

「貴族の屋敷を襲うと言われても、通せるわけないだろう……？」

俺は時限収納(ストレージ)から貴族の証(あかし)を取り出して衛兵に向ける。

「――トウヤ・フォン・キサラギ侯爵だ。これで文句ないだろう？」

「なっ!!」

「まじかっ!?」

俺の言葉に衛兵は驚くが、まだ生き残っている男たちも驚愕(きょうがく)の表情をする。

「……まさか……救国の英雄に俺たちは喧嘩を売ったのか……」

「あぁ、その通りだ」

俺は振り向いて、残った二人の男たちに告げる。

「失礼いたしました。キサラギ侯爵とは知らず。この場は私たちにお任せください。すぐに貴族街の衛兵にも連絡します。おい、誰かすぐに走れ！」

「はいっ！」

若い衛兵が一人駆けていく。

「ルミーナ、あとは任せた。俺はサヤを取り返しに行ってくる」

「あぁ、子供たちと養護施設で待っているからな」

ルミーナが拳を突き出してきたので、俺も手を上げて拳を合わせる。

「子供たちは私たちが責任をもってお届けしますので安心してください」

「頼む」

俺は軽く頭を下げて、門のところで待っていたコクヨウに飛び乗る。

「行くぞ、コクヨウ！　目指すはマッグラーの屋敷だ！」

「ヒヒーン！」

コクヨウは勢いよく走りだす、来た道を戻り、貴族街の門で監視をしている衛兵の上を飛び抜けて一直線にマッグラー子爵の屋敷へと向かった。

三 貴族流の解決方法

数分でマッグラー子爵の屋敷に到着したが、門には二人の衛兵が待機している。

「そのまま門をぶち壊せ」

俺の言葉がわかっているのか、コクヨウはスピードを緩めることなく門を蹴り飛ばす。

「ぎゃぁぁぁぁ」

吹き飛ばされた衛兵には悪いが、今は構っている暇はない。

屋敷の入り口でコクヨウから下りると、そのまま魔法で屋敷の扉を吹き飛ばす。

ずかずかと屋敷に入っていくと、私兵が次々と現れた。

すぐに探査（サーチ）を使い、建物の中の人を確認していく。

二階の端の大部屋に四人がいるのを確認できると、俺はそのまま進んでいく。

「襲撃者だっ！　こいつを止めろ！」

向かってくる私兵を殴り飛ばし、時に魔法を使い吹き飛ばしていく。威力が高すぎたのか、屋敷の壁をブチ抜いて私兵は消えていった。

階段を上っていくと、剣で斬りかかってくる私兵たちを次々と殴り飛ばしていく。

「今の俺は容赦できないぞっ！　次からは命の保証はしない」

そう言い切ってから時限収納（ストレージ）からバスターソードを取り出す。

私兵たちが一歩下がったのを見計らって一気に身体強化（ブースト）を使い、駆け抜けて目的の部屋の扉を蹴り飛ばす。

部屋の中には貴族服を着たマッグラー子爵と、養護施設の監査をした上級監理官、あとはスエーン商会の会頭、そして縛られたままのサヤがいた。

「トウヤさんっ！」

「何やつ!?」

そのまま部屋に入り、入り口近くにいたサヤの前に立つ。

「お前たち……何をしたのかわかっているんだろうな？」

殺気を向けて言葉を放つと、マッグラー子爵はソファーから崩れて尻餅をついて後ずさりながら喚く。

「お前！　貴族の屋敷に襲撃などかけてわかっているのだろうな！　不敬罪で死刑だっ！」

「そうですよ。ここにはマッグラー子爵がいらっしゃる。冒険者が入ってこられる場所だと思っているのか」

三人の言葉に気にせず、俺はサヤのロープを切る。

「サヤ、待たせたな」

「トウヤさん……助けに来てくれて……ぐすっ、ありがとうございます……」

目に涙をためたまま俺に抱きついてきた。

「大丈夫だったか？　もう俺が来たから安心だからな」

「……はい、大丈夫でした……」

サヤの頭を軽く撫でて後ろに下がっているように伝え、俺は三人に向き直る。

「お前たちは誘拐の現行犯だ。すでに商会は衛兵たちが押さえている。ここに来るのも時間の問題だ」

俺の言葉に立ち上がったマッグラー子爵が鼻を鳴らす。

「冒険者風情の言葉に衛兵が言うことを聞くと思っているのか？　ここは貴族街だぞ。わしの言葉が誰よりも一番に決まっているだろう」

その言葉と同時に下の階から声が聞こえ、次第に駆け上がる音が大きくなってきた。

「ここかっ！」

衛兵が数名、剣を構えながら部屋に入ってきた。

マッグラー子爵はしめたとばかりに、手を大きく広げる。

「衛兵たちよ、よく来てくれた。この貴族の屋敷に侵入してきた男を捕らえよ！　あとで褒美をとらすぞ」

しかし誰もマッグラー子爵の言葉に耳を傾けず、三人に向かって剣を向けた。

その反応にマッグラー子爵の表情は真っ赤になり、怒鳴り始めた。

「なぜ、わしの言うことが聞けない！　わしはマッグラー子爵だぞっ！」

その言葉に衛兵の一人が剣を向けたまま、一歩前に出る。

「……マッグラー子爵だということは理解しております。しかし、誘拐事件の主犯としてマッグラー子爵を捕らえるのは変わりません」

「なぜだっ!?　なぜ、わしの言葉を聞かずにそいつの言葉を信じるんだっ？」

「なぜと言われても……」

衛兵が俺に視線を送ってきたので一歩前に出て貴族の証（あかし）を見せる。マッグラー子爵の持っている証より豪華な侯爵としての証明を。

「トウヤ・フォン・キサラギ侯爵だ。お前は俺が援助している養護施設を襲った。他に何かあるか？」

「な、なんだと……。あの……救国の英雄……だと……」

「そんなバカな……」

「嘘（うそ）だろう……」

マッグラー子爵、上級監理官、スエーン商会会頭が揃（そろ）って驚愕（きょうがく）の表情をし、力が抜けたかその場で崩れ落ちた。

「キサラギ侯爵が確認をして許可をもらっている。お前たちは貴族でもなんでもない。ただの犯罪者だ。この三人を連行しろ」

衛兵の言葉に残りの衛兵がロープを持って縛っていくが、反抗する気も起きないのか下を向いたまま縛られていく。

「よし、全員詰め所へ連れていけ！」

隊長が指示を出し、衛兵が三人を連れ出していく。

「キサラギ侯爵、あとはお任せください。朝一番で城には連絡を走らせますので」

「うん、ありがとう。俺からも陛下に説明しておくつもりだ」

「はっ！　あと……握手してもらっていいですか。ずっとファンだったのでお会いできて光栄です」

照れくさそうに手を差し出してきたので笑顔で握り返す。

「こちらこそ光栄だよ。よく来てくれた。あとは頼んだよ」

「はいっ！　それでは失礼いたします」

衛兵たちを追うように隊長は駆けていった。

思わず大きなため息をつく。

これでやっと終わりかな……。それにしても全員無事でよかった。

「トウヤさん……」

勢いよくサヤが抱きついてきたので、俺はそっと背中に手を回し抱きしめる。

「よかった、間に合って……」

「はい、トウヤさんならきっと来てくれると信じてました……。やっぱり私にとってもトウヤさんは——英雄です」

俺に抱きついたまま上目遣いで見上げてくる。

「早く子供たちにも無事の姿を見せてあげないとね。一緒に連れていかれた子供たちも保護してルミーナが見てくれてる」

「そうですね。でも今は少しだけこのままいさせてください」

サヤは俺の胸に顔を埋めてきた。

そのサラサラの髪をゆっくりと撫でると、気持ちよさそうに目を細めている。

少しの間、サヤを抱きしめてから二人で屋敷を出る。

外では衛兵たちが私兵たちの手を後ろで順番に縛っていた。マッグラー子爵が捕らえられたことで全員が従順になっているようだ。

人数が多いので馬車を用意しているらしく、一か所にまとめて座らされていた。

その中にマッグラー子爵や、上級監理官、スエーン商会会頭もいる。

マッグラー子爵は俺を見つけ憎らしげに睨みつけていた。今回のことを考えたら自業自得としかいえない。

上級監理官と会頭は諦めたように俯いていたが、これから先のことを考えて絶望しているのかもしれない。

人身売買に手を染めていたら、基本的に打ち首だし良くて鉱山奴隷だろう。特にマッグラー子爵には厳しい処罰が下るはずだ。

あの陛下が簡単に許すとも思えないし、もし許したら俺が許さない。

発覚するまでにどれだけの子供が犠牲になったかわからない。これからの尋問で明らかになっていくだろうけど。

俺は三人の前に立つ。

「お前たちがやっていたことは許されることじゃない。明日、陛下に報告をするつもりだ。厳しい沙汰が下ると思え」

　マッグラー子爵は諦めたように俯いた。しかし上級監理官が俺を見上げ口を開く。

「な、なんで今まで身分を出さなかったのですか……？　監査の時といい、あくまで冒険者として通していたのに……」

「それは、養護施設の管轄は俺じゃないからだ。そこのマッグラー子爵だからな。身分を明かせば監査も簡単に終わるだろう。それじゃダメなんだ。俺の庇護(ひご)下にあるかもしれないが、あくまで正規の養護施設の申請だからな」

「……そうですか。だから……」

　諦めたように上級監理官は俯いた。

　小さい悪事ならこの世界、些細(ささい)なことだ。だから貴族としての身分ではなく、冒険者として接し、役人に賄賂も渡したのだ。

　これくらいのことなら仕方ないと思っているし気にしない。

　ただ、人の命に関わること。特に大切な子供を商売にするのは許容できるものではない。

　しかも今回はサヤや子供たちを襲ったのだ。絶対に許すつもりはない。

　衛兵の隊長に挨拶し、俺たちは養護施設に戻ることにする。

　屋敷の横で待っていたコクヨウに跨(また)がり、サヤを横抱きにする。

「コクヨウ、養護施設(家)に戻るか」

　顎(あご)を軽く上げてからコクヨウはゆっくりと養護施設に向けて歩きだした。

養護施設に戻ると、勢いよく子供たちが出てきた。

「サヤお姉ちゃん!」

子供たちが次々とサヤに抱きついていく。スエーン商会に捕らえられていた子供たちも養護施設に戻ってきたようだった。

最後にゆっくりとルミーナが出てきた。

「やっぱりトウヤだな。サヤも無事でよかった」

「あぁ、ルミーナには今回世話になったな」

「いや、結局私一人では助けられなかった。やはりトウヤは頼りになるな」

俺は首を横に振る。

スエーン商会に子供たちを取り戻しに行った時も、俺一人ではできることは限られている。

ルミーナがいたからこそ、子供たちをすぐに保護できたのだ。

素直に言葉にすると、ルミーナは少しだけ頬(ほお)を染め、照れたような表情をする。

「トウヤ……。こんな時に口説くなんてずるいぞ……。お前だったら……」

いや……素直に礼を伝えているだけなのに、なぜ口説いていることになるんだ?

そんなモジモジされても俺が困るんだが……。

思わず頬をかいていると、コクヨウがいきなり頭を甘噛(あまが)みしてくる。

俺のことを忘れるなと言わんばかりに。

そうだ、お前にも感謝しなくちゃな。

「コクヨウもありがとうな」

礼を伝えると、当たり前だと言わんばかりに尻尾が嬉しそうに揺れた。

「トウヤ兄ちゃん、サヤお姉ちゃんを助けてくれてありがとう」

サヤに抱きついていた子供たちがいつの間にか俺のことを囲んでいた。

「あぁ、俺にとってサヤもお前たちも大事だからな。何かあったら必ず助けてやる」

抱きついてきた子供たちの頭を順番に撫でていく。

「ほら、もうすぐ朝だ。今日は俺が朝ごはんを作ってやるからな！」

「「「やったー！」」」

喜ぶ子供たちと明るくなってきた空を見上げながら建物に入っていった。

∞　∞　∞

子供たちと朝食を済ませたあと、俺は早々に城へ向かった。

衛兵たちに挨拶をし、そのまま中へと入っていく。すぐに応接室へと案内され、待っていると陛下が皇太子とシャルを連れて入ってくる。

立ち上がり挨拶をすると、陛下が手で制し、また席に座る。

「昨日の話は簡略にだが聞いている。当事者であるトウヤ殿から詳しく聞かせてもらっていいか？」

「はい、もちろんです」

今までのいきさつを話していく。些細なことなので、役人に渡した賄賂などは省かせてもらったが。

「まさか、マッグラー子爵がな……。あの父親はたいそうな子供思いでな、それで帝国内の養護施設を任せておったのだが、先の戦争で命を落とした。後を継いだ子息がそんなになっているとはな……。世話をかけたな、トウヤ」

「いえ……。私が庇護している養護施設にも被害があったので……」

「うむ……。それで後任についてだが、トウヤ、お主がやってみないか？」

陛下の提案はありがたいが、俺はあくまで冒険者だ。役所で監督する気などない。できるだけ帝都にいるつもりだが、依頼で帝都を出る時もあるはずだ。

「それですが……。シャルロット殿下に任せるのはどうでしょうか？」

「えっ!?　私ですかっ!?」

驚いた表情を浮かべるが、シャルが度々城を抜け出して、養護施設に遊びに来ているのは知っていた。

アルを護衛としてつけているから安心だが、養護施設でのシャルは子供たちの世話をしているというより、子供たちに遊ばれているような感じだった。

シャルだったら安心して子供たちを任せられる。

「皇族が庇護しているとなれば、同じようなことは二度と起こることはないでしょうし、シャルロット殿下なら子供たちも喜ぶでしょうしね」

陛下は少し考えてから大きく頷（うなず）いた。

「確かに……。シャルがやっている復興中の街々への激励も落ち着いたことだしな。護衛をつければ問題はないか。シャル、お前に任せる」

「はい、父上。子供たちのことはお任せください。トウヤ様との子供ができる前に勉強してきます」

シャルの言葉に俺と陛下が思わず苦笑する。

「……わ、わかった。任せるぞ」

正式に婚約者になっているから間違ったことは言ってないが、気が早い。

このままここにいたら、何を言い始めるのか危ないので俺は席を立つ。

「それでは俺はこれで失礼します」

「え、せっかく会えたのですから私たちの今後についても話し合いたかったのに……」

シャルの言葉に逃げるように部屋を後にする。

綺麗（きれい）な青空を見上げて、笑みを浮かべてから俺は自分の屋敷へと戻ることにした。

◇　◇　◇

陛下はさすがにシャルだけでは心配であったのだろうか、内政を担当している貴族がシャルの下で養護施設の管理を行うことになった。

やはり前面にシャルを出すのは正解だった。

帝国内でもシャルが皇女として養護施設を管轄することになったという話が広まり、上々の評判となっている。

精力的に養護施設を巡回し、子供たちとも触れ合っているそうだ。

上から目線ではなく、同レベルで接することができるシャルなので子供たちからの評判もよく、好意的に受け止められている。

精神年齢的に近いものがあったのかもしれないが、そこらへんは口にしない。

補助金についても現地の養護施設管理者から事情を聴き、見直しが行われている。

マッグラー子爵家が取り潰しになり、財産などは帝国が一度全て没収し、養護施設に振り分け、臨時交付金として支給されることになった。

かなり裏で貯めこんでいたようでそれなりの金額と聞いたが、これからの帝国の将来を担う子供たちのために使われるならよかったと思う。

これで安心してサヤたちが養護施設を運営できるだろう。

「トウヤ兄ちゃん、ご飯まだー？」

鍋をかき混ぜながらシャルのことを考えていたら、それなりの時間が経っていたらしい。

「ちょっと待ってろ、もう出来上がるからな」

オークの肉をたっぷりと入れたスープの味見をし、頷いてから次元収納に仕舞ってから食堂へ向かう。

順番に器によそっていき、全員に行き割ったところでサヤが挨拶を始めた。

「それでは神の恵みと、作ってくださったトウヤさんに感謝して食事を始めましょう。いただきます」

「「「「いただきます」」」」

俺は子供たちの笑みを微笑ましく思うのであった。

第二章

護衛任務

一 王家からの依頼

養護施設の一件から数か月が経過し、のんびりとした生活を送っていると、冒険者ギルドからの急な呼び出しで俺は久々にギルドへと向かうことになった。

「なんか嫌な予感がする……」

ギルドマスターのグルシアについては手を組んでこの帝都を奪還したという過去があるが、基本さぼってばかりのイメージだ。

俺も冒険者としてAランクを保持しているが、最近は貴族としての役目などをこなしているので必然的に依頼を受ける時間がない。

たまにはのんびりとコクヨウと依頼を受けるのもありだなと思いながらギルドの建物に入った。

ホールには多くの冒険者がおり、依頼票が貼り出されているボードの前では何人かがそれを眺めていた。そのままカウンターに向かい、初めて見る受付嬢に話しかける。

「ギルドマスターから呼ばれたんだけど……」

「はい、ではギルドカードを確認しますのでお出しください」

受付嬢の言われるままにギルドカードをカウンターに置くと、手に取った受付嬢は驚いたように目を見開く。

「えっ、えっ……ほ、本物ですか？」

ギルドからもらったカードを『本物ですか？』と聞かれてもこちらが困る。

「うん、本物なはず？　逆に偽物だったら俺が困るんだけど……」

「ですよねっ！　少々お待ちください」

受付嬢はギルドカードを大切に持ちながら奥へと入っていく。

ほどなくして戻ってきた受付嬢は緊張した表情をしている。

「と、トウヤ様、こちらへ。ギルドマスターがお待ちしてます」

受付嬢の後を追い階段を上って突き当たりの部屋へと来た。ノックすると中から許可の声が聞こえたので扉が開かれた。

「どうぞ、中へ」

俺はそのまま部屋へと入りソファーに腰掛ける。久々に見るグルシアは少しだけ疲れた表情をしていた。

「ちょっとだけ待っていてくれ。あと、茶を頼む」

「わかりました」

執務机で数枚の書類にサインをして『処理済』の箱に入れていく。

「やっと終わった……」

グルシアは背もたれに寄りかかりながら、一度大きく背を伸ばしてから立ち上がり、俺の向かいに座った。

ギルドマスターになってから仕事が増えたのか、やはり以前と違って疲れているようだ。

まぁ……今までさぼっていたのがわかっているから、少しだけざまぁみろと思ってしまう。

「待たせてすまなかったな。トウヤ侯爵……って敬語使ったほうがいいか？」

「いや、いつもと一緒で構わない。今さらだしな……」

「そう言ってもらえると助かる。ギルドマスターになってから貴族との付き合いは増えたが、どうも敬語は苦手でな……」

年齢差や身分差はあるが、気軽に話せる友人に近い存在は少ない。俺が侯爵になってからは余計にそうなった。

「それよりも今回は何の用件だったんだ？」

俺の言葉に、思い出したようにグルシアは手を打った。

「あ、そうだそうだ。護衛依頼を頼みたかったんだよ」

「……護衛？　なんでわざわざ俺に……？」

普通の護衛ならば他の冒険者でも問題はないはず。皇族の護衛ならば近衛騎士が出てもおかしくない。そんな中、俺に依頼する意味がわからない。

「それなんだがな、商業ギルドからの依頼なんだ。確実に届けないといけない書類があるからその護衛だ」

……さらにわからない。書類なら一般の冒険者に依頼して届けさせればいいだけのはず。Ａランクに依頼することではない。

「まぁ、聞いてくれ。その書類はジェネレート王国からの帝国への賠償金の支払いに対しての証書だ。わかるだろ？　お前が絡んだやつだよ」

アールランドでダンジョンのコアをかけて勇者と戦って勝利し、賠償金として五億G（ギル）を支払うと結んだ証書だ。

あの時の証書は帝国からシファンシー皇国の商業ギルド本部に届けられて保管されることになっている。

だからこそか……。

「あの時のね……。それなりの金額だよな……」

「あぁ、そうだな。それでジェネレート王国が実はその書類を奪還しようとしている計画があるという噂（うわさ）が流れている。あの書類が商業ギルド本部に届かなければ、王国側が書類を破棄してあとは知らないと言い張る可能性があるんだ」

「下手したら商業ギルドと敵対するかもしれないのに……」

「あぁ、だが、知らぬ存ぜぬで通すだろう。決定的な証拠がなければ商業ギルドとしても国を糾弾するわけにもいかないしな」

ジェネレート王国は短絡的に行動することが多々あるのかもしれない。この帝国に攻め入った時も第三王子がグルシアの口車にのった。そのおかげでこちらが奪還できたというのもあるだろうけど。

「だからって俺が護衛をするのもどうなんだ……？　冒険者としてなら王国の襲撃者と敵対しても

問題ないと？」

「まぁ、どこかで襲撃はあるだろう。他の奴に任せてもいいが、うちのギルドとしても無駄に冒険者を危険に晒させるわけにもいかないしな。ほら、たとえ貴族が出てきてもババーンと侯爵様の威光をチラつかせればいいだけだしな。これ以上の適任者はいないだろ？」

グルシアは笑いながら説明するが、要は襲撃者に負けない腕があり、貴族が出てきても対応できる俺がいればなんとかなると。

「それにしても、俺なら襲撃があっても平気だと思っているのか……」

「負けることはないだろう？　〝救国の英雄〟なんだからな。あの勇者に勝てる人材が他にどこにいるっていうんだよ？　まさか王国も英雄が護衛しているとは思わないだろ。うちとしても商業ギルドにしても今回の運搬については確実に成功させないといけないんだ。だからよろしくな」

「……わかった。受けるようにするよ」

「そうでなくっちゃ！　あと、依頼料は普通の護衛料金だからなっ！　頼んだぜっ」

「おいっ！　普通そこ危険料金が加算されるだろう。王国からの襲撃が確実にあるってわかってるんだから」

確実にあるだろう襲撃、何かしらトラブルがわかっている護衛を他に誰が受けるのか。

「まぁまぁ、さっきのは冗談だ。割高になるだろうし、メンバーも基本的にBランク以上の冒険者を予定しているつもりだから安心してくれ。日程が決まり次第屋敷に連絡するようにする」

「決まったら早めに教えてくれ。こっちも都合があるからな」

「何の要職にもついていないのに忙しいのか？　暇だと聞いているぞ」

……何も言い返せない。確かに一時期は貴族の役目などがあり忙しかったのだが、役目を終わらせてからは自由な時間が増えていた。

今は基本は皇帝の話し相手くらいだし、あとはシャルたちの相手をしたり、養護施設に顔を出すくらいしかしていないな……。

「……その顔はやっぱり正解じゃないか」

グルシアが笑みを浮かべているが、どうも納得いかない。

でもまぁ、貴族となってもこうして気軽に会話できる者は少ない。仕方ないかとため息をつきながら席を立つ。

「とりあえず陛下に聞いてくる。さすがに国外に勝手に行くのは問題だと思うから」

「そうだな、帝国の最終兵器に国外逃亡されたら堪(たま)らないもんな」

「――まったく。じゃぁまた」

そのままギルドを後にして屋敷へと向かった。

∞　∞　∞

いくら護衛任務とはいえ、貴族が国を離れるのには皇帝の許可を得ないといけないことを家令のダリッシュが教えてくれた。

確かに国の移動が自由な冒険者と俺の立場は違う。侯爵として、他国への抑止力としても働いている自覚はある。

皇帝の許可をもらいに登城することにした。

俺が行くとなぜか、すぐに応接室に通されることになった。陛下も忙しいはずなのにすぐに時間をつくってくれる。申し訳ないと思いつつ置かれた紅茶に口をつける。

すぐに扉が開かれ、陛下が部屋に入ってきた。

「待たせてすまんな」

俺の向かい側にどっしりと座る。同行してきた文官と護衛の騎士が陛下の後ろへと控えた。

「急に時間をつくってもらってすみません。実は護衛の依頼で国を離れることに……」

俺の言葉に陛下は眉根を寄せる。やはり国外に行かせるのは問題があるのだろうか。

「なんで急に他国へ行くことになったのだ？　どんな依頼だ？」

俺は商業ギルドからの依頼について話す。自分が蒔(ま)いた種であり、もしかしたら襲撃がある可能性についても説明すると、少しだけ悩んでいた皇帝の口元がわずかに緩んだ。

「……その依頼であったか。それは仕方ないのぉ……。冒険者としての役目もあるだろうし、国益のために無事に届けることが必要だ。問題ない、その依頼を受けてもいいぞ」

なるべく国内にいてほしいという要望があったのだが、簡単に許可が下りたことを少し疑問に思う。

「……ずいぶんと簡単に許可を出してくれるんですね……」

俺の言葉に陛下はにやりと笑う。

「もし、襲撃があるとすれば、シファンシー皇国内になるだろう。王国からも街道は繋（つな）がっておるしの。だからといってお主が負けるとは思えん。そうなると、また賠償金が増える可能性もあるからのぉ。復興のためにいくら資金があっても問題ない。頼んだぞ、トウヤ殿」

……確実にこれは増える可能性がある賠償金目当てだ。

俺に信頼をおいてもらえるのは嬉（うれ）しいが、少し違う気がする。だからといってここで反論しても仕方ないと思うし、意味がない。諦めて小さく頷（うなず）くだけにした。

城を後にし、屋敷に戻ってからは家令のダリッシュに指示をして、大きな寸胴（ずんどう）をいくつも用意させ、料理を作らせるようにした。俺の時限収納（ストレージ）に入れておけば護衛の間、食事に困ることはない。

干し肉と硬い黒パンだけの食事は食べたくないからな。

そうして着々と護衛の日まで準備を進めていった。

二 シファンシー皇国への護衛任務

出発までのんびりとした生活をするつもりだったのに、冒険者ギルドからの連絡はすぐに来た。

一〇日ほどの期間で出発になるとは……。陛下に確認したら特に問題ないと言われた。ただ「必ず帰ってきてくれ」と念を押されたくらいだ。

この帝国は居心地もいいし、皇帝を含めて俺が生活するのにはいい環境だ。確かに、世襲貴族からは冒険者あがりの貴族だと陰口を叩かれることもあるが、概ね〝救国の英雄〟という立場から正面切って敵対されることはない。

まぁ、お見合いの申し込みが来るのが苦痛なくらいか……。

護衛にあたるメンバーの顔見せということで、徒歩で冒険者ギルドへと向かう。護衛の際に初対面でも問題はないが、今回は商業ギルドとしても冒険者ギルドとしても失敗が許されない案件である。

下手に失敗したら国から商業ギルドに請求が行く可能性すらあるのだ。

のんびりと歩き、ギルドへ入ると受付に向かう。

「護衛の件で来たんだけど……」

「トウヤさん、お待ちしておりました。他の皆さまはみんな揃っていますので」

受付にいたのは先日いた女性だったので、すぐに護衛の顔合わせだと理解してくれ会議室へと案内された。

扉をノックして開け、受付嬢の後に部屋に入る。

中には――。

「おぉ、トウヤも一緒なのかっ」

ルミーナがいる。しかも相変わらずのセクシーなビキニアーマーで。

屋敷にいる以外、他の格好を見たことがない気がする。

「ルミーナも一緒なのか……」

確かに今回の護衛はBランク以上となっており、ルミーナは問題ない。

「なんだ、この姉ちゃんの男かよ……」

「そんなこと言わないのっ」

他にも冒険者たちが座っている。残念そうにした男の頭を隣にいた女性冒険者が叩いた。ルミーナの格好を見たら男だったら惹(ひ)かれてしまうのは……仕方ない。

席は二組のパーティーが分かれて座っており、片方は男性だけの三人組、もう片方は男性二人に女性一人のパーティーだ。

「トウヤさんはルミーナさんと知り合いでしたらこちらに座ってお待ちください。すぐにギルドマスターを呼んできますので」

受付嬢がパタパタと部屋を出ていった。

ルミーナの隣に座り顔を向けると、満面の笑みを浮かべている。

「トウヤがいれば……美味(うま)い酒に美味い飯にありつけそうだな……。今回の護衛依頼受けてよかった」

「まったく……ルミーナは屋敷にいなくてよかったのか？　一応サヤたちを護衛するとか言っていただろ？」

「あの屋敷で危険なところなどないだろ？　それにそろそろ遠くの依頼も受けるつもりだったしな」

確かに冒険者としてあの屋敷の護衛だけしていたら腕がなまるのは仕方ない。特にルミーナは戦闘が好きだしな。俺たちが王国から逃げる時も対峙（たいじ）したくらいだし。

しかし俺とルミーナが話しているのが気に入らないのか、三人組の男たちが俺とのことをずっと睨（にら）んでいた。

「ふんっ、女連れだからって……ガキがっ」

「軟弱者などに興味などないっ」

「……いいなぁ……」

男三人の冒険者は剣士にやたら筋肉がついている大楯持ち、あと魔法使い風。

確かに他から見ればルミーナと仲が良い俺は、嫉妬の対象なのかもしれない。

……しかしルミーナの性格を考えると嫉妬されても困るというのが本心だ。――脳筋だしな。

まぁ今回の護衛にルミーナがいるのは襲撃があるのがわかっているだけに心強い。安心して前衛を任せられるし、俺との息も合う。

今回シファンシー皇国に向かうのは、商業ギルド、大手商会などの馬車が何台も連なる大規模な商隊となっている。一番価値があるのは賠償金の証書であるが、それは商業ギルドの中でもどこにあるかは秘匿されている。

数億G(ギル)の証書など、滅多に出回るものではないし、今回の証書が紛失などされては商業ギルドの威信に関わる問題となる。

だからこそ〝木を隠すなら森の中へ〟という形を選んだのだろう。

全員が座ったことで、冒険者ギルド側から説明が始まった。

「今回はシファンシー皇国皇都までの護衛となる。護衛対象の馬車は一〇台。それに護衛用の馬車が二台、合計一二台の予定だ。護衛は最前列と最後尾に馬車を一台ずつ、護衛中の食材、他にギルド間の資料もその馬車で運ぶ。職員も一名同行させる予定だ」

ギルド間の資料も一緒に運ぶのか。確かにこんな時に同時に運ぶのは効率がいいかもしれない。

説明が終わり、護衛場所の確認と人数の振り分けが行われた。俺は魔法職となっているので、ルミーナと一緒だ。ルミーナは小声で「トウヤのどこが魔法職なんだよ……。でも美味(おい)しいの食べれるからいっか」と呟(つぶや)いていたが気にしないでスルーしておいた。

最後に集合場所と時間を確認し、解散することになった。

「なぁ、トウヤ。また美味い食事をたらふく用意しておいてくれるんだろ？　まかせたぞ」

ルミーナが期待を込めた視線を送ってくる。

「……わかった。ルミーナの分も用意しておくよ。酒は持っていかないぞ？　一応護衛の任務があるんだから」

俺の返事に満面の笑みを浮かべたルミーナは勢いよく首を縦に振る。

「うんっ！　それで構わん。酒は途中の街で飲めばいいんだしな。また冷やしてくれっ」

「わかったよ。じゃあ当日な」

ルミーナはサヤたちの暮らす養護施設に泊まっているとのことで、ご機嫌よく帰っていった。

俺も自分の屋敷へと戻ることにする。

のんびりと街を歩き貴族街にある屋敷へと戻ると、二人揃って出迎えてくれる。ダリッシュはいろいろと仕事を頼んでいるから執務室に籠もっているのだろう。

「ただいま、フェリス、ティル」

「トウヤ、おかえり」

「……」

相変わらずティルが口を開くことはないが、家精霊同士では意思確認ができるようなので特に気にすることはない。普通の家精霊はティルみたいなのが普通みたいだし。

いつかは話してくれるといいんだけどな……。


ダリッシュの執務室へと赴き、護衛のための食事を十分に用意してもらうように手配すると、急ぎ部屋を出ていった。

時限収納に入るおかげか、毎回大量に手配するダリッシュには気の毒になるが、干し肉など食べたくはないので仕方ないと思っている。

自分の執務室で寛いでいると、フェリスとティルが現れたので、護衛の依頼を受けたので長期留守にすることを伝えた。

毎回心配されるし、長期間会わないとご機嫌を損ねる。

しかし今回だけは杞憂だった。ティルと二人で留守番をしていることにあっさり同意してくれた。

本当なら精霊石のネックレスに宿り、一緒に同行することも可能であったが、ティルの世話をすることを選んだみたいだ。

街の宿に宿泊する予定ではあるが、場合によっては野宿になることのほうが多い。フェリスとティルが同行したとしてもほとんど精霊石の中で眠っている状態になる。

それならばこの屋敷を守っていてもらったほうが俺としては安心だ。

あとは自分の荷物だけだが、料理だけは追加を頼んでおく必要がある。護衛の期間を考えると数種類のメニューを用意しておかないといけないだろう。数が少なくてもルミーナが文句を言うことはないが、俺としても料理のレパートリーがあるのは助かる。

料理長に空になった寸胴をいくつか渡し、ダリッシュからすでに手配されているが、改めて俺からも料理を頼む。

これについてはあくまで冒険者の仕事の手伝いになるので、材料代と手間賃を別に支払っている。最初は恐縮して受け取ってもらえなかったが、無理を言って毎回頼んでいるので手渡すようにしている。

一人ならそんなに消費しないはずなんだが、依頼の時にも食べるし養護施設に行くと寸胴ごと置いてくることも多いので消費量は半端ない量になる。

それでも嫌な顔をせず毎回満足ができる美味しい食事を作ってくれるのには感謝しかない。

こうして、空いた時間で次元収納(ストレージ)に保管されている荷物の確認をしたり、養護施設を訪れて子供たちと遊んだりしているうちに護衛の日を迎えることになった。

∞　∞　∞

護衛に向かう日を迎え、朝から冒険者の服装を身に纏(まと)い、商業ギルドへと向かう。現地ではすでに馬車の列が組まれており、荷物が次々に積み込まれていた。

先日顔合わせをした冒険者が集まっているのでそこへ向かう。

「お待たせしました。今日からよろしくお願いします」

軽く挨拶をし、輪の中へと入る。

ちょうど同行するギルド職員が集められたばかりだったようだ。ギルド職員は三〇代半ばの男性で冒険者ギルド職員というよりは、冒険者といったほうが正しい気がする。

「あと一人だな。あ、きたきた。こっちだ」

最後の一人はルミーナだった。相変わらずのビキニアーマーで周りの視線を釘付(くぎづ)けにしている。

「待たせたな。お、トウヤもすでに来ていたか……」

ルミーナが俺の隣に立つと、職員が説明を始める。

「それでは全員揃ったな。今回同行する冒険者ギルドの職員のハルビンだ。護衛をする馬車の割り振りに関しては、前回の説明の通りだ。各自の荷物に関しては最前列と最後尾にあるうちのギルドが用意した馬車に載せてくれ。それではみんなよろしく」

ハルビンの言葉に返事をし、各自荷物を載せていく。俺の荷物は全て時限収納(ストレージ)に入っているので問題はない。

ルミーナも俺の食事を当てにしているのか、肩から背負う最低限の荷物だけのようだ。

「それにしてもトウヤが一緒とは本当にありがたいよな。食事は美味いし、あの干し肉だけの護衛任務はもうできなくなりそうだ」

「それはそれで困るんだけど……。護衛任務なんてそうそうできるとは思っていないし。今回は頼まれたから仕方なくだし」

実際にジェネレート王国からの襲撃計画がなければ俺が同行することはなかった。

しかもそれなりの人数が出てくると予想されている。

帝国が情報を掴(つか)んでいるなら、冒険者ギルドや商業ギルドもその情報を掴んでいるのかもしれない。だからこそこの人数の護衛を用意したし、これだけの馬車を集めたのかもしれない。

もちろん今回護衛をする冒険者たちには〝ジェネレート王国からの襲撃があるかもしれない〟とは説明されていない。下手すれば戦争に参加するのと同じであり、辞退する冒険者も出てくるだろう。

のんびりと考えながら割り当てられた最後尾の馬車へとルミーナとともに向かう。

俺はAランクの冒険者ではあるが、周りからは回復術師(プリースト)だと認識されている。だからこそ戦士職であるルミーナに護衛してもらうという名目だ。

あくまで俺は対ジェネレート王国からの襲撃に対しての役目を果たすことになっており、それについてはギルドマスターから便宜を図ってもらっている。

実際にいつも使用している両手剣（バスターソード）は時限収納（ストレージ）に収納しており、見た目は手ぶらだ。他の冒険者もまさか俺が戦士の役割もできるとは気づいてはいないだろう。

だから俺がルミーナとセットでいることに対して嫉妬の目を向けられるが、仕方ないと諦めている。

ある意味、役得かもな……。

同行する冒険者たちが荷台に荷物を載せて手荷物だけ持ち、各自の馬車へと分かれていき、俺たちは最後尾の荷台の空きスペースに座る。

目の前に座るルミーナは俺を見てニコニコとしている。本当に食事にありつけるのが嬉（うれ）しいようだ。

「トウヤ、食事楽しみにしているぞ。途中の街でも一緒に食事をしような」

その目はどう見ても冷たいエールを思い浮かべているのがわかる。

「あぁ、わかったよ。あと一応この護衛では俺が貴族だということは内緒な。気を使われるだろうし」

「うむ、そこらへんは任せておけ。もともと知り合った時は貴族ではなかったしな。貴族となっても基本的には変えるつもりはない」

うん、助かるんだけど、場所だけはわきまえてもらえるとありがたい。まぁBランクの冒険者だし、多少の貴族付き合いもあるだろうから平気だとは思うけど……。

少し心配していると、御者台から出発の声が掛かる。

ゆっくりと馬車は動き出していく。

今回はシファンシー皇国の皇都にある、商業ギルドの総本部まで行く予定だ。

ある程度の書類は各国にある商業ギルドで保管されているが、国家間における責務の書類に関しては、皇都にある商業ギルド本部で厳重に保管されることとなっている。

その分、国家間の責務を果たさなければ、その国の商業ギルドは国を相手に圧力をかけることになっているが、あくまで正式に皇都の商業ギルド本部にて受理された場合に限る。

だからこそジェネレート王国としては、今回の賠償金についての証書が受理される前に奪取したいと考えているのだろう。

自国に多少の被害があろうとも、どうしても破棄させたいらしい。

あの国王とあの姫の考えていることはよくわからない。それに振り回される兵士や勇者のことを少しだけかわいそうだと感じてしまう。

だからといって証書を奪われるつもりもないし、襲ってくれれば全力で抵抗するつもりだ。

俺たちを乗せた馬車は、帝都の門を出て北東へと向けて道を進んでいく。

今回、ルネット帝国内のいくつかの街や村を経由し、国境を越えてシファンシー皇国皇都へと一〇日ほどの旅路となる。

事前にグルシアと地図を見て襲撃地点については予想をつけている。

国境内で襲撃をしてくることはまずない。あるとすれば、国境を越えて二日ほど続く森の中になるだろう。もちろん警戒を怠ることはないし、事前にルミーナにだけは説明するつもりだ。

下手に他の冒険者に話をして、護衛から引き上げられても困るしな。

一人でこの台数を護衛することなど不可能に近いから仕方ない。

やはりこれだけの大所帯だと、道中で現れる狼（おおかみ）系の魔物など、一瞬にして始末されていく。

俺たちも最後尾で警戒にあたるが魔物がこちらに来ることはなかった。


野営地に到着すると、各自荷台から荷物を取り出してテントを組み立てる。

俺は次元収納（ストレージ）から同じようにすでに出来上がったテントを空いているスペースに広げた。

「やはり次元収納（ストレージ）があると便利だな……。それにしても二人で寝るなら十分に余裕はありそうだ」

後ろから声が掛かり振り返ると満面の笑みを浮かべたルミーナがいた。

……もしかして俺のテントに泊まるつもりか？

「いや、確かに余裕はあるけど男女が一緒のテントに泊まるのもどうかと……」

やんわりと断りを入れる。俺のテントは見た目が普通のテントになっているが、中は空間魔法で拡張されていて、あまり他の人には見せたくない。

ルミーナだったら問題はないのだが、シャルやアルも最初このテントに泊まった時は驚きの声をあげていたからな。

「今さらそんなこと気にする仲でもないだろ。突き合った仲なのだからな。私はもうグロッキーにさせられてしまったが……」

しかも戦闘マニアだけあって、その戦いを思い出しているようで頬を紅く染めている。

確かにフェンディーの街から逃亡した時に戦ったけど、その言い方。その仕草！　周りから俺を見る目が冷たい。殺気じみた視線が俺に集まっている。

しかもルミーナは全く気づいていないから余計にたちが悪い。

「いやいや、あの時は普通に敵対していたから戦っただけでしょう。その言い方だと誤解を受けてしまいますよ」

「そうなのか？　寝食をともにしたのも一度ではないんだし、問題はないぞ」

だからその言い方！　さらに強まる殺気が痛い。

確かに冒険者ギルドの依頼で一緒に行動するし、サヤや子供たちからせがまれて屋敷に一緒に泊まったこともある。しかもそれは俺の屋敷であって、二人だけでなどではない。

「もういいから。テントに入っていいよっ」

俺が諦めるとニコニコしながらテントへ入っていく。説明しないと面倒になることはわかっているので後を追って中へと入る。

ルミーナはテントの中で目を輝かせていた。

「なぁ、トウヤ、このテントはすごいな！　私はもう護衛中はずっとこのテントに泊まるぞっ」

この光景を見られたら今さら嫌とは言えない。仕方なく頷いた。

「このテントはあまり知られたくないので、黙っていてもらえますか？　ほかの人にバレたら普通のテントを出しますからね」

同じテントは実際にないし、この世界に召喚された時に持っていたアイテムだから、作ることなどできない。

「黙っていればこのテントに泊まらせてくれるんだろ？　それなら黙っている！」

テントには二つベッドがあるので、そこで寝るのは問題はない。

「なら、どちらかのベッドを使ってください。空いているほうを使いますから」

ルミーナは片方のベッドの脇に自分の荷物を置いて腰掛けた。

「こちらを使わせてもらおう。まさか護衛の最中にベッドで寝られるとはな……。やはりトウヤと一緒に依頼を受けるのは最高だなっ！」

満面の笑みを浮かべているルミーナに思わず苦笑する。

ここで話していても仕方ないので、食事の準備を始めることにする。

テント内にテーブルを取り出し、そこにスープがなみなみと入った寸胴を置き、バスケットにパンを並べる。

最近は屋敷の料理長にいくつも料理を準備してもらい、全て時限収納（ストレージ）に収納しているから、護衛の依頼で食に困ることはない。スープも日替わりで変えられるように数種類の準備をしている。

以前はテントの前で食事の準備をしていたが、今回は大人数で移動なので、食事の匂いを周りに漂わせるわけにはいかない。他の冒険者たちの食事は干し肉がメインなのに、俺たちだけ豪華な食事をしていたら反感を買うからこっそりと食べるつもりだ。

「もう食事の準備できたよ」

ベッドに転がっているルミーナに声を掛けると、のそのそと起き上がってきた。

「いい匂いが漂ってきたから待ち遠しかったぞ。早く飯にしよう」

椅子に座ってニコニコとしているルミーナの前に料理を置いていく。

「ほら、食べよう」

「おう、いただきます」

二人で食事を進めていく。

「トウヤの飯は最高だな！　やっぱりお前とパーティーを組むのが一番いいなっ」

笑顔のルミーナに苦笑しながらも自分も食事を進めていく。

実際に貴族の職務がなければ、たまには違う街へ行く依頼もいいかもしれないが、屋敷にはフェリスやティルがいるし、コクヨウを外に出していないと機嫌を損なうから無理だけど。

コクヨウは今回の依頼では、俺の時限収納（ストレージ）に入ってもらっている。

あくまで冒険者の一人として参加しているが、黒曜馬（バトルホース）に乗っていたら、俺が救国の英雄だと気づく人も増えるはずだ。

ましてや今は侯爵という立場上、他の者が気を使ってしまうことになるから大勢で依頼を受ける場合は身分を隠すようにしている。

さっさと食事を済ませて、今夜の監視の順番について打ち合わせを行うために、ギルド職員のテ

ントへとルミーナと向かう。

一人の場合はコクヨウと一緒に寝ていれば魔物が近づけばすぐにコクヨウが気づくし、低レベルの魔物であったらBランクに分類されるコクヨウになど近づいてこない。

それができないのが大人数の痛いところだ。

打ち合わせができる天幕に入ると、すでに食事を済ませた冒険者のパーティーの代表たちが集まっていた。

俺の後にもう一組揃ったところで、ハルビンが打ち合わせの司会を始める。

「まぁ護衛依頼だが、今回は大規模になるし人数が多い。三組をバラバラにするのも意味がないし、パーティーごとに分かれてもらう。ソロで参加しているトウヤ殿とルミーナ殿は一緒になってくれ」

ハルビンの言葉に素直に頷く。

話し合いが行われ、俺とルミーナの夜番は最後となった。

それまでゆっくり眠れるのはありがたい。

「これだけの大人数だ。大規模な盗賊団が動く可能性もあるし、魔物も出てくるかもしれないから気を引き締めてくれ」

全員の表情が締まる。

やはりBランク以上の冒険者であるからか、理解しているようだ。

解散してから自分のテントへと戻る。

ルミーナと一緒に同じテントに入ろうとした時、他の男たちからの殺気を感じたが気にしないようにした。

テントに入るとルミーナはベッドに飛び込んでいった。

「地面に寝るよりベッドのほうが疲れが取れるからありがたい。私たちの夜番は最後だろう。装備はまだいらないな」

いきなりビキニアーマーを外し始めるルミーナに思わず背を向ける。

「ルミーナ、着替えるなら言ってくれ。俺もいるんだから」

俺の言葉にニヤリとしたルミーナは、気にせず着替え始めた。

「なんだ、トウヤ？　そんなに気になるのか？　フフフ」

なんだか負けた気分になったので、ルミーナの言葉をスルーしてテントを出る。

時限収納(ストレージ)から薪(まき)を取り出して組んで、魔法で火をつけて椅子を用意して座ってのんびりする。

シンファシー皇国までの数日をこんな調子でのんびりできればいいんだが、やはりグルシアの言葉が脳裏に浮かぶ。

どこかで必ず襲撃があると……。

王国の兵士がルネット帝国内に侵入してまで襲撃はしないと思うが、シンファシー皇国に入ったらわからない。

俺も初めての土地になるし、盗賊だっている。どこで襲撃があるか探査(サーチ)を使って探っていかねばならないだろう。

追加で薪をくべながら気を引き締める。

時間をおいてテントに戻ると、ルミーナはすでにベッドに潜り込んでおり、寝息が聞こえてくる。

「……呑気なもんだな。おやすみ」

ルミーナに一声掛けて俺も瞼を閉じた。

∞

∞

∞

眠っているルミーナを起こし夜番を行ったあと、朝食を済ませてから出発となった。

特に襲撃もなく、何事もないまま朝を迎えることができた。

「それにしてもベッドで寝るとこれだけ朝がさわやかに迎えられるとはな。ある意味街の安宿のベッドより快適かもしれん」

確かに俺もそう思う。俺はいい宿に泊まっていたし、早々にフェリスがいた屋敷を購入できたし、護衛依頼を受けることも少なかったからそこまで苦労はなかったけど、長年冒険者をやっているルミーナの言葉は重い。

明日の夕刻には途中の街に着いてそこで一泊する予定だが、あと一日野営の予定があるので気を引き締めて馬車へと乗り込んだ。

日中は何事もなく馬車は進んでいく。

「これなら次の野営地まで問題なく到着しそうだな」

「あぁ、次の野営地は森のすぐ横と聞いているから、もしかしたら魔物が出てくるかもしれないけどな」

休憩時に商人と話している時に、この先の道について尋ねておいた。

草原を進み、森の入り口に沿って街道が延びていて街へと続いているらしい。

幾度かの休憩を終え、次の野営地へと到着した。やはり情報通りで森のすぐ近くにある広場だった。


夕食前に護衛が集められ、俺たちの夜番はまた最後になった。

食事が済んでからゆっくりと眠れるのはありがたいけどな。

相変わらずテントの中での食事になる。さすがにこの料理をひけらかすわけにもいかないし、俺とルミーナだけの秘密だ。

「こんな護衛依頼ならいくら受けてもいいな。トウヤがいればだが」

「護衛任務なんてそうそう受けるわけないだろ。今回は特別だから」

普段は貴族としての役目はないが、陛下からはなるべく帝都にいてほしいと言われている。高ランクの討伐系の依頼で数日屋敷を空けることはあるが、基本は帝都に留（とど）まっている。

食事を済ませてから魔法で身体を綺麗（きれい）にしてからベッドへ潜り込む。ルミーナも早々に寝るようなのでテント内を暗くして、夜番まで眠りにつくことにした。

三　襲撃

眠りについてどれくらいだろうか、違和感を感じテントから出る。

「なんだろう……この違和感は……」

探査（サーチ）を使い、森のほうに意識を向ける。

「……!?」

森のほうがざわめいていた。そしていくつもの魔物の気配が……。しかもこちらに向かってくる。

「……っ!?　魔物の襲撃だっ！」

思わず叫んだ。

俺の言葉に、眠っていた商人たちもぞろぞろと起きてくる。まだ仮眠中の冒険者も武器を手に取りテントから出てきた。

「魔物の襲撃かっ!?」

俺のほうに冒険者たちが集まってきた。

しかし護衛を受けている冒険者が——一組足りない。

男たち三人組の護衛メンバーが見当たらない。

「魔物がこちらに向かってくる。まだ距離はあるが、あと一〇分もしないうちに森から出てくる」

俺の探査（サーチ）は他の魔法使いよりも何倍もの認識ができる。

「……そんな遠くまでわかるのか？」

「あぁ、一方向に特定するなら一キロくらいなら問題ない」

「そんなにっ!?」

ルミーナも武器を持ち、起きてきた商人たちを避難させ始めた。

数台の馬車をバリケードのように並べ、その後ろに商人やギルド職員を避難させ、俺たちが馬車の前に立つ。

「おい、一組足らないぞ……。どこに行った？」

俺の言葉に誰もが首を横に振る。

「テントは残っていたが、そいつらは今、夜番のはず……。どこに行ったんだ？」

他の護衛が不思議がるが、俺は嫌なことが思い浮かんだ。

「もしかしたら……。誰かそいつらのテントを見てきてくれ」

「あぁ、わかった」

一人の冒険者がテントに向かって走っていく。

探査（サーチ）は相変わらず続けているが、魔物たちは次々と集まって俺たちのほうに一直線に向かってくる。

その数は——一〇〇体を超えている。

もしかしたらと最悪の事態に思い至る。

テントに向かった冒険者が焦った表情で戻ってくると、手に袋を一つ持っていた。

「テントは無人だ。誰もいない。あとテントの中にこの袋が一つだけ置いてあった。変な匂いを出しているんだが……」

「……その匂いはっ！」

ルミーナが勢いよくその袋を取り上げ、匂いを嗅ぎ、悔しそうな表情を浮かべた。

「これは……魔物寄せの香だ……。もしかしたら森にも蒔いているかもしれない」

ルミーナの言葉に、全員の表情が引き締まる。

魔物寄せの香の存在は、冒険者なら誰でも知っている。魔物が好む匂いを発する果物があり、それを乾燥させてすり潰したものだ。魔物が少ない場所での狩りに使われるものであり、戦闘を控える護衛任務などで使うものではない。

「もしかしたら……ジェネレート王国の手のものかも……」

俺は眉根を寄せ魔物の来る方向を睨みつける。

今回、グルシアからはジェネレート王国から何かしらの妨害があると言われている。襲撃かと思っていたら、こんな手を使ってくるとは……。

もしかしたらジェネレート王国から、好待遇で迎え入れるから今回の商隊をつぶすように依頼されていたのかもしれない。

まさかこのタイミングで……。

下手をすれば商隊の全滅すらありえる。数億の賠償金のためにここまでやるのかあの王国は……。

次第に近づいてくる魔物たちを感じながら他の冒険者たちに指示を飛ばす。

「もうすぐ魔物が出てくる。戦闘準備だっ！　馬車の前に並んで後ろの商人たちを守り切るぞっ」

士気は少しだけ低いが各自が武器を強く握りしめながら頷(うなず)いた。

魔物の駆ける音が次第に大きくなっていく。

俺も時限収納(ストレージ)からバスターソードを取り出して構える。

いきなり取り出されたバスターソードに他の冒険者は驚いた表情をした。

「回復術師(プリースト)では……？」

一人が声を掛けてくる。確かに自己紹介の時もずっとそう言っていた。しかしこの場で隠すつもりなどない。

それで誰かの命を落とすようなことになったら後悔しかしないだろう。

バスターソードを見れば、俺が救国の英雄だと気づく者がいるかもしれないが、今大事なのはここにいる全員の命だ。

「いくらそのゴツイ武器を持っていても、回復術師(プリースト)じゃ前衛にいるのは危ないぞ」

他の者も声を掛けてきたが、ルミーナが鼻で笑った。

「トウヤなら気にする必要はないぞ、ここにいる誰よりも強いからな」

ルミーナの言葉に全員が不思議そうな表情を浮かべる。

ここに集まっている冒険者たちは全員がBランクだ。それなりの実力があるのは当たり前。その戦闘職よりも回復術師(プリースト)が強いと言っているのだ。

そしてルミーナは言葉を続ける。

「なんといっても、トウヤは――――救国の英雄様だからなっ」

「「なにっ!?」」

「まじかよ……」

自慢げに俺の自己紹介をしてくれたルミーナは、自分の胸を叩(たた)き、剣を高々と上げる。

ギルド職員は俺のことを知っていたので驚いてはいないが、商人たちの顔つきは変わった。命の危険に青ざめていた表情も、救国の英雄に会えたという興奮に変わったのかもしれない。

「そんなことよりもこれから来る魔物だっ！　すぐに現れるぞっ！」

俺の言葉に冒険者たちは息を飲み、俺から森へと視線を移した。

今は確実に魔物をしとめることを考えなければならない。

さっきルミーナが確認した魔物寄せの香は、すでに魔法で燃やして匂いは風魔法で拡散させた。

こちらに向かってきている魔物さえ対処できれば、どうにかなるはず。

次第に大きくなってくる魔物の足音に生唾を飲み込む。

――そして現れた。

次々と森から這(は)い出てきた狼(おおかみ)の魔物たち。体長は二メートルほどであろうか、黒い毛並みに赤い目がこちらを見据え一気に数頭が襲い掛かってくる。

正面から向かってくる狼の魔物に上から剣を振り落とす。

真っ二つに分かれた狼の魔物をそのまま転がし、次の獲物へと向かう。ルミーナたちも襲い掛かってくる魔物を斬り裂き、意地でも商人たちに近づけさせまいと盾になっている。

最後の一体を倒し、一息つく。

「……これで終わりなのか……？」

冒険者の一人が呟（つぶや）くが、そんなことはない。

脚の速い狼の魔物が先行してきただけだ。探査（サーチ）で常に確認しているが、まだまだ出てくる。

「次がもうすぐ来る」

俺の言葉に全員が気を引き締めた。戦うのに邪魔になる魔物の死骸は、一言伝えてから次元収納（ストレージ）に入れていく。

数十体の魔物は数分も経（た）たずに仕舞い終わり、次の戦いの準備をする。

次元収納（ストレージ）は珍しいとはいえ、他にも持っている者がいるスキルなので気にしていないが、大量の魔物が収容できたのには驚いたようだった。

フェンディーの街で住んでいた屋敷まで入るとはさすがに言えないが……。

そんなことを考えていると、森の木々が揺れ、オークが次々と現れた。

「……オークがあんなに……」

Bランクの冒険者ならオークは実力的には問題はないが、この数だと尻込みするみたいだ。

そういえばルミーナと初めて護衛依頼をした時もオークに襲われたよな……。

俺とルミーナ以外は表情を引きつらせているが、俺は気にせず前に数歩出る。

三〇体はいるだろうか、剣を振りかぶりオークに襲い掛かる。

いい経験値だよな。と思わず口元が緩む。

大振りなバスターソードが他の冒険者に当たらないように誰よりも前に出る。

少し離れたオークには魔法を放ち、剣を振り次々とオークを斬り伏せていく。チラッと横を見ると、少し距離を空けてルミーナも剣を振り回し危なげなくオークを倒している。

「トウヤにもらったこの剣、最高だなっ！」

笑顔で返り血を浴びているルミーナに思わず苦笑してしまう。俺からしてみたらルミーナが狂戦士(バーサーカー)にしか見えない。

ルミーナと二人で前線に立ち魔物に対峙(たいじ)しているが、全て二人で処理できているため、後ろの冒険者たちは剣を構え見守っているだけで終わってしまった。

オークの殲滅(せんめつ)が終わりホッと息を吐く。

「……信じられない。あの数のオークを二人で……」

「だよな……。救国の英雄ってこんなに強かったんだな……」

ただ眺めていた冒険者たちが呟いた。

「助かった……。もう何も出てこないよな？」

森からの襲撃が落ち着いたからか、冒険者たちは構えていた剣を下ろす。

「お前、戦ってないだろ」

パーティー仲間が笑顔で言葉を交わすが、俺はまだ気を抜かない。

ルミーナもわかっているようで、返り血を浴びた顔を拭(ぬぐ)うが次の準備をしていた。

「なぁ、もう襲撃は終わりだろ？　これだけ出てきたんだから」

「――まだだ。いや、これからが本番かもしれない」

探査で見つけた魔物は少なくはなっているが、森の奥深くから動き出した魔物から放たれる魔力はさらに強い。

オークよりも強い魔物が出てくることはわかっていた。

俺の言葉に生唾を飲んだ冒険者たちは、一歩下がりながら剣を構える。

ゆっくりと近づいてきた魔物がついに姿を現す。

三メートル程度で筋肉質な肉体を持ち、頭からは角が生えている。人と同じ大きさほどの棍棒を握りしめたオーガだ。それも一〇体も。

オーガはオークよりも上位でBランク程度とされているが、それは単体でのことだ。

一〇体を超える数が現れたならそれはAランクに分類される。他の冒険者たちには荷が重いかもしれない。

そのオーガが俺たちを見つけると、餌が見つかったと思ったのか、口元を緩めていた。

後ろで身構えていた冒険者や商人たちは恐怖からか身体を震わせる。

「オーガがこんなに大量に……。信じられない……」

「もう助からない……」

恐怖に顔をこわばらせる冒険者たちをよそにルミーナに話しかける。

「……ルミーナ、大丈夫か？」

しかし杞憂だったようだ。自信満々の表情を浮かべている。

「ふふ、剣がよく斬れると楽しいな、トウヤ」

やばいやばい。そういえばルミーナが戦闘マニアだったことを忘れてた。俺の渡した武器で戦力が上がったから余計に高揚しているのかもしれない。

まぁ、怪我(けが)をしても俺が治せるから問題はないか……。

即死だけは無理だけど、生きているならなんとかなる。

「……ルミーナ、死ぬなよ？」

「ふんっ、わかっている。トウヤは言わなくても大丈夫だな」

ルミーナと視線を合わせてお互い頷くとオーガの群れへ向かって駆けだした。

大振りで振られる棍棒を魔法で牽制(けんせい)をしながら、斬りつける。一体、二体程度なら後ろの冒険者たちでもなんとかなるかと思うが、通すつもりもない。

一〇体いるオーガたちは数分で片がついた。

「ふぅ、やっと終わりか……」

ルミーナは剣についた血を振り払い、無事に終わったことに息をついた。

しかし、まだ終わっていない。最後の魔物がこちらへと向かってくるんだ。

それも――一体だけ。

さっきのオーガたちも可愛(かわい)く思えるという魔物がこちらへゆっくりと進んできている。

森の奥から木々がへし折れる音、近づくたびにズシンズシンと響き渡る足音。

握っている剣に力がこもる。

次第に魔物の姿が見えてくるが、木よりも高い……。

うそだろ……。

今までこんな大きさの魔物など見たことない。魔物寄せの香だけでなく、魔物の血の匂いが森の奥まで届いたのかもしれない。

体長は一〇メートル以上、体高も八メートルほどだろうか。イノシシをそのまま大きくした姿。下あごからは二本の牙がせりだしている。今までに見たこともない魔物だ。

その魔物の姿を見て、冒険者たちは足を震わし、そのまま腰が抜けたように座り込んだ。

「……うそだろ……なんでベヒモスなんているんだよ、こんなところに……」

「あれがベヒモス……。終わった……」

冒険者たちはこの魔物のことを知っているらしい。ルミーナを見ると、今までとは違い顔を青ざめさせている。

「トウヤ、あの魔物は無理だ……Sランクの魔物だ……」

強張(こわば)らせた顔で視線をベヒモスに向けたまま呟いた。

Sランクの魔物か……。初めて見たかも。ここまで大きい魔物は見たことなかったしな……。

さて、この魔物をどうしようか……。ルミーナもこの調子じゃ戦力になりそうもないし。

確かに大きさは手に余るほどだが、そこまで恐怖は感じない。

……仕方ない一人でやるか。

ルミーナよりも前に立ち、バスターソードを地面に突き刺す。

「トウヤ、何をするつもりだ？」

ルミーナに問いかけられるが、俺は気にせずに時限収納から違うバスターソードを取り出した。

見覚えがあったのか、ルミーナは目を大きく見開いた。このバスターソードは、ドラゴンバスター。ドラゴンですら切り裂く剣で、ルミーナとフェンディーの街で向かい合った時に使用した武器だ。

「……その剣は懐かしいな……。あの時は……あれで私は逝きそうになったもんな……」

頬を染めているルミーナに苦笑しながら、剣をベヒモスに向ける。

「いくらAランクで強いからってその魔物は無理だっ！　逃げる準備をするぞっ！」

ルミーナ以外の冒険者は這いずるように馬車の後ろへ隠れ始めた。俺は気にせず右手に剣を持ち、左手に魔力を集める。

……最大級の魔法でどれだけ効くのか。

ゆっくりと近づいてくるベヒモスに向かって魔法を放つ。

『真空竜巻』

これもゲーム時代の上級風魔法だ。竜巻の中は真空刃が無数に発生し、中にいる魔物を切り裂く効果があった。

左手から放たれた空気の渦は次第に大きくなり、ベヒモスを包み込んでいく。

「あっ……やべっ」

やばいと思った時には遅かった。

ベヒモスを包み込むだけでは飽き足らず、さらに巨大化し直径数十メートルほどの大きさになっていく。ベヒモスの姿は竜巻の外側からは見られないが、出てきた時に剣で始末をすればいいだろう。

次第にベヒモスを包み込んでいた竜巻が薄れていき、上空へと舞い上がっていった。俺は剣を振りかぶりベヒモスへ向けて走り出そうとしたが、一歩だけ踏み出して足を止めた。

そこには横たわり、身体中を痙攣（けいれん）させ切り刻まれ、すでに死に体のベヒモスがいた。

「…………えっ？」

「そんな……Sランクが魔法一撃……？」

「「「「……」」」」

ルミーナや冒険者たちも唖然（あぜん）としているが、俺も予想外の展開にぽかんとしてしまう。

すぐに痙攣を繰り返していたベヒモスは動かなくなった。

しかしルミーナが一番立ち直るのが早く、いきなり大声で笑い始めた。

「やっぱりトウヤかっ！　まさかSランクの魔物を一撃とはな。さすが私の男だな」

……その言葉足らずなところをどうにかしてほしい。『さすが私の認めた男だろ』を略したら俺とルミーナが男と女の関係だと思われるじゃないか。

「そうだよな。トウヤだからルミーナクラスとくっつくのが当たり前だよな。というか、救国の英雄様だったらこの帝国の貴族様じゃないかっ！」

「「確かにっ！」」

危機が去ったが冒険者や商人たちはまだ隠れたところから俺を覗(のぞ)いている。

探査(サーチ)を使い、もう魔物がこないことを確認した俺はバスターソードを次元収納(ストレージ)に仕舞った。

「もう魔物が出てくる気配がないから大丈夫だよ」

俺の言葉に冒険者や商人たちも恐る恐る出てきて、ベヒモスの死骸に近づいていく。

一人の冒険者が剣でつつくように確かめていた。

ギルド職員も俺に近づいてきた。その表情は何かを考えているような笑みを浮かべていた。

「トウヤ殿、目の前で見せていただきました。まさかSランクの魔物を一撃とは……。これはギルドに戻ったら検討しないといけませんね」

……何を検討するんだ？　もしかしてまた面倒なことに巻き込まれそうな気がする。

「このベヒモスの死骸も時限収納(ストレージ)に入りますよね？　ぜひギルドで引き取らせてください」

ギルド職員の言葉に商人たちが反応する。

「いや、ちょっと待ってください。ぜひ、うちの商会でこのベヒモスを引き取らせてもらえれば」

「おい、抜け駆けするなっ！　キサラギ侯爵、ぜひうちの商会にて！　もちろん色はつけますので」

ギルド職員に負けないように商人たちがこぞって俺を囲んでくる。

数人の商人に囲まれた俺が困っていると、ルミーナが助けに来てくれた。

「ほら、処理が先だ。今は依頼できているのだから、交渉については街に着くなりしてからにしてくれ。私はもう眠いんだ」

ルミーナはそう言い残しテントへと入っていく。

朝日が昇る時間となり地平線はすでに明るくなっている。すぐにでも朝を迎えるだろう。

商人たちもルミーナに言われた通りに自分の寝床へと戻っていった。

すぐに俺一人になることになった。

焚(た)き火の火もそろそろ消す必要があるが、その横に座り探査(サーチ)を使いこちらに寄ってくる魔物がいないことを確認してゆっくりと寛(くつろ)ぐ。

今日には街に到着すると聞いているし、宿でゆっくりと休めるとありがたいかも。

残り火を眺めながらゆっくりと……あ、ちょっと待てよ。

――何かおかしい。

少しだけ考えてこの違和感がなんだかわかった。

俺は立ち上がり、ルミーナが眠っているテントへと向かう。

テントの中へ入るとベッドに潜り込み気持ちよく眠っているそばに立つ。

無言のままルミーナの頭を叩くと、頭を痛そうにさすりながら目をゆっくりと開けた。

「……トウヤ、何をするんだ？　人がせっかく気持ちよく眠っているのに……」

想定通りの言葉に思わずため息が出る。

「ルミーナ、お前、まだ夜番終わってないのになに寝てるんだよ……」

一人で夜番をしていた違和感を伝えたのだった。

無事に野営地を出発し、何事もなく途中の街へ夕刻には辿(たど)り着いた。

シファンシー皇国との国境まで二日の場所にあり、商取引の窓口になっている街なのでそれなりに繁栄しているようだ。三メートルほどの高さの壁が街を一周回っている。

門で各自が身分証を見せて街へと入る。いつもなら宿に向かえばいいのだが、今回は途中、俺たちを魔物寄せの香で始末しようとした三人組の件を報告するためにすぐに冒険者ギルドへ向かう。

今回は冒険者ギルド職員も同行しているので後についていく。

ギルドは規模の違いはあるものの、どこの街も基本的には同じような造りになっている。よく見た建物だなと思いながら職員の後を追い建物に入った。

夕刻だったこともあり、報告に訪れる冒険者も多数いる中、護衛の団体を引きつれたギルド職員に視線が集まる。

職員はそのまま気にせず、カウンターの裏側に回り、少しだけ会話をしてから奥へと消えていった。

俺たちは待合場所でテーブルを囲む。他にも依頼を終え、代表者がギルドに報告をしている間に待っている者が多くいた。

「なぁ、冒険者が三人抜けたがこの街で補充すると思うか？」

俺の正体を知った冒険者たちは窺（うかが）うように声を掛けてきた。

ギルドの威信をかけても冒険者の補充は行うはずだろう。そうしなければ商業ギルドの信頼さえ失ってしまう。

逃げた三人は多分ジェネレート王国にでも亡命するはずだ。情報を共有しているので、冒険者ギルドには顔を出すことはできないが、兵士にはなれる。いや、大金をもらって冒険者を引退するか……もしくは消されるかのどちらかであろう。

王国の考えなら、後者の可能性が大きい。下手に情報を漏らされて商業ギルドと揉（も）めることは避けたいはずだ。

あいつらもバカなことをしたもんだ……。

「多分、どこかから雇われていたはずだ。しかもこんなことしたらもう帝国では冒険者は続けられない。引退できるだけの大金をもらうか、冒険者ではない職種につくかしかないだろう」

今回輸送している国同士の証書について他の冒険者たちは聞いていないので、王国の名前を出すわけにもいかない。もし同じような襲撃があるのがわかっているのなら、高額報酬だったとしても護衛をやめるかもしれない。

「そうだよな……。あいつらと一緒に依頼を受けたの初めてだったが、許せねぇ。トウヤさん、あんたがいなかったら確実に命を落としていた。本当にありがとう」

言葉に合わせて三人組が頭を下げる。

「そんな気にしなくてもいいんだ。シファンシー皇国との往復をずっと一緒に過ごす仲間だしな」

俺の言葉にルミーナも頷いた。

五人で会話をしていると、ギルド職員が戻ってきた。

「全員いいか？　これから会議室で再度報告をしてもらう」

全員頷き、席を立ち案内された会議室へと入る。

部屋の中央には一人、壮年の男性がすでに座っていた。元冒険者だろうか、鍛え上げられた胸筋が服を押し上げており、鋭い目つきの短髪だ。

全員が着席すると同行していたギルド職員が立ち上がり話を始めた。

「まず、ダグランの街へ無事に到着できたことを嬉しく思う。しかし、予想外のことも多々起きた。それも普通なら全滅してもおかしくないほどの出来事だ。そこにいるトウヤ殿がいなければ私たちはこの場にいなかっただろう。この場で改めて感謝する」

そこで話を区切り、職員は俺に向かって軽く頭を下げた。

「このダグランのギルドマスターをしているバッファだ。話はすでに聞かせてもらっている。もちろん魔物寄せの香を使った冒険者たちのことは、全ギルドに通達して見つけ次第捕縛するようにするつもりだ。それにしても……ベヒモスまで現れるとはな……」

俺は初めて見た魔物であるが、それなりに有名らしい。もちろん悪い意味でだ。

途中、他の冒険者たちから休憩時に聞いたが、森の奥地にいるということが伝わっているだけで、見つけたら死を覚悟するしかないSランクの魔物だということだった。

まさか一撃で倒れることなど、と言って苦笑していた。

　素材も普通なら他の冒険者と均等に分ける必要があるが、ベヒモスに関しては誰が見ても俺が一人で倒したと、全員が素材の辞退を申し入れてきた。

　ただ、それでは申し訳ないのでオークなどの素材は均等に分けることで納得してもらっている。それでも他の冒険者たちには魔物の数からいって少なくないボーナスみたいなものだった。俺の次元収納（ストレージ）に仕舞っていても仕方ないので、この打ち合わせが終わり次第ギルドに納品して換金する予定だ。

「ベヒモスに関しては皇国の本部で納品されると聞いておる。残念だがそれは諦めよう。それ以外の魔物の素材についてはこのあと受付に案内するから聞くがよい。それでだが、今回の護衛の不足に関しては職員が今手配しておる。明日の出発には間に合うようにするはずだ」

　護衛が二組では夜の警戒を含めるとさすがにつらい。今回は商隊が大きいことから最低でも三組必要だからここでの護衛の補充は必須だろう。

　明日からの予定を説明され、俺たちは会議室を出て受付に向かう。

「ここで、持ち込んだ魔物の素材を引き取ってくれると聞いたんだが……」

　俺がランク的に一番高いので代表して受付に確認する。

「はい、先ほど聞いております。素材が多いとのことで倉庫に出してもらえますか、ご案内いたしますので」

　受付嬢に案内され、ギルドの裏にある解体ができる倉庫へと案内された。

　倉庫の中では数人の職員が大きなナイフを持ち、納品された素材の解体をしているようだった。

「おう、話は聞いているぞ。そこの空いているスペースに出しておけばすぐに査定しておいてやる」

職員の言われた場所に次元収納(ストレージ)から次々と今回の討伐で倒した魔物を積み重ねていく。

狼からオーク、オーガまで、その数は三桁を優に超えている。

これでも皇国に持っていく分を除いているので半分ほどだ。

軽い気持ちの職員の表情は次第に青くなっていく。オークでさえ食用に適しているのでそこそこの金額で引き取ってもらえる。今回はそれに追加してさらに上位のオーガまでいるのだ。

それなりの金額にはいくだろう。

「これで最後かな」

最後のオーガを取り出して、空きの増えた時限収納(ストレージ)を確認して頷く。

「「「…………」」」

解体を担当していた職員も手を止めて呆然(ぼうぜん)と眺めていた。

しかし自分たちがこの後、この山となった魔物の処理を行わなければならないと理解すると、その表情は一気に暗くなっていく。

案内してくれた受付嬢もここまでの量だと思っていなかったのか、頬を引きつらせていた。

「……明日の朝には出発しますので、それまでに精算をお願いしますね」

俺の言葉に、解体を担当していた職員たちはさらに顔を青ざめさせていた。

職員たちには申し訳ないが、これはギルドマスターからの許可ももらっているし頑張ってもらうしかない。

恨めしそうに見てくる職員といると居心地が悪いので早々に退避させてもらおう。

ホールで待っていた他の冒険者たちに合流する。今日はここで食事を済ませ宿に戻ることになった。

五人で案内されたテーブルを囲む。

ドリンクと食事を適当に頼んで注文すると、早々にエールが入ったジョッキが五つ運ばれてくる。

全員に行きわたったところで、一人が立ち上がる。

「無事にダグランの街に到着できた。これも全部トウヤのおかげだ。それと魔物たちの運搬ありがとう。俺たちもそこまで余裕があるわけではないから助かる。次からはシファンシー皇国に入る。また何があるかわからないが協力してこの依頼を無事にこなそう。それでは乾杯！」

「「「「乾杯！」」」」

各自、ジョッキを掲げぶつけ合う。

そのまま俺はテーブルの下にこっそりとジョッキを隠し魔法を掛けて冷やす。

テーブルの上に再度ジョッキを置くと、視線を感じ、横を向くと同じことを期待したルミーナがニコニコしていた。

「……」

小さく頷いて、こっそりとルミーナのエールも冷やしていくと満足したルミーナは勢いよくエールを喉に流し込んでいった。

明日が早いから控えめにしようと最初話していたはずだったが、ここの街までの苦労話に花が咲いたのか酒の消費は多くなっていく。

それに伴って饒舌になっていくのは仕方ないのかもしれない。

「トウヤ、お前そんなに強かったのな。最初、寄生の回復術師だと思っていた。すまんっ！」

「そんなこと気にしませんよ。こうしてここまで来た仲間ですしね」

「さすがAランクは言うことが違うぜっ。それでこそ救国の英雄様だっ」

……その言葉はまずい。

今回の護衛関係の仲間は知るきっかけがあったにしろ、このホールで飲んでいる他の冒険者たちは知らない。

まだルネット帝国内なのだ。その言葉を聞いたら他の冒険者が寄ってくるのは目に見えている。

「なになに？　救国の英雄だって？」

ぞろぞろと近づいてくる冒険者たち。

それに気を良くしてかルミーナが勢いよく立ち上がり椅子に上る。

「ここにいるトウヤが救国の英雄様だっ！」

俺を指さし叫ぶと、ホールが歓声で沸いた。

ルネット帝国は獣人の冒険者も多々所属している。ジェネレート王国が侵略してきた時は将来を憂いたが今は違う。

ガレットたちが俺の功績を大々的に広めたせいで、一部では崇められるほどになってしまった。

帝都では人族が主となっているのと、身分を隠しているのでそんなに騒ぎにはならないが、酒の入った冒険者たちに遠慮はない。

次々と他のテーブルから差し入れが入り、俺の目の前に酒が並べられていく。

こんなに飲めないと、ルミーナに恨みの小言を吐く。ある程度の時間が経ったとはいえ、戦争の時の話は話題が尽きない。

気づいたら俺の記憶はなくなっていた。

∞

∞

∞

目を覚ますといつの間にかベッドに戻っていた。

途中までは記憶があるんだが……。

確かギルドで思いっきり飲んだまではよかったが、他のメンバーのノリが酷すぎた。ルミーナが冷やしたエールの美味さをバラしてしまったおかげで、他のメンバーのエールも冷やすことになってしまったのだ。

水を出せる魔法使いは多くいるが、氷を作れたり冷やしたりする概念がなかったせいか、途中、魔法使いから質問責めにもあった気がする。

それにしても今日は昼から出発になったおかげで少しゆっくりと眠れたのはありがたい。

さすがに商業ギルドとしても、今回の出来事があったのでこの街の支部で一度打ち合わせを設けることになったため、出発が遅れたのだが、ありがたい。

いや、出発が遅れたからあんなに飲んだのかもしれない。

「とりあえず起きるか……っ!?」

自分の身体に違和感を感じ、駆け布団をめくるとそこには何も身に着けていない——ルミーナが寝ていた。

「………なんでこうなってるんだ……？」

俺の動きに反応してか、ルミーナがゆっくりと目を開けていく。

まだ寝ぼけているのか、俺の腹を枕にして頬を擦りつけながらゆっくりと身体を起こした。

「トウヤ。おはよ～。それにしてもよく寝たな。ここまで運ぶの大変だったんだぞ。ふわぁ～」

あくびをしながら起き上がるルミーナに、シーツを投げつける。

「る、ルミーナ、服着てないからっ！」

俺が焦ったように言うと、ルミーナは自分の姿を見下ろして鼻を鳴らす。

「トウヤだったら見られても構わんぞ。一つ屋根の下に過ごした仲ではないか。この護衛中も一緒にテントで寝ただろう」

「そういう問題じゃないよっ！　早く服を着て自分の部屋に戻ってくれっ」

俺の言葉に仕方ないと言わんばかりに服を着だした。

「もうすぐ朝食だぞ。下の食堂で待っているからな」

片手を振りながらルミーナは部屋を出ていった。

一人となってやっと安心してため息をつく。

「まったく……。ルミーナは相変わらずで困るよな……」

愚痴を言いながらベッドから起き上がり、脱ぎ散らかしていた服を着込んで部屋を出る。

階段を下りて食堂に行くと、なぜか俺に視線が集中した。しかも視線には羨望と嫉妬がこもっている。

特に男性陣から……。

居心地の悪さを感じながらルミーナと同じテーブルを囲む。

「なぁ、ルミーナ。なんか周りからの視線に殺気がこもっているんだが……？」

ルミーナは食べていたパンを飲み物と一緒に流し込むと、軽く首を傾げた。

「なんなんだろうな？　ただ、昨日はトウヤを連れて部屋で一緒のベッドで寝たぞ。と言っただけなんだが」

こいつ……。

「……理由はわかった。もういい……」

ルミーナの無頓着さはわかっていたが、こんな時も威力を発揮するとは……。

ほどなくして出された朝食を無言で食べ、空気の悪さから早々に席を立つ。

部屋に戻って少しのんびりしながら集合時間まで待った。

扉がノックされ、ルミーナが迎えに来たので一緒に宿の前に行くと、すでに三人の冒険者が待っていた。

「よし、全員集合だな。それじゃ、一度ギルドに向かうぞ」

今回依頼を受けている全員で賑やかな街を歩き、一〇分ほどでギルドに到着した。

俺は受付嬢に声を掛け、ギルド証と割符をテーブルに置く。

「昨日の分の精算を頼む。あと新しい護衛についてギルドマスターから話があると聞いている」

「トウヤ様ですね、すぐに会議室にご案内いたします。先に昨日の精算分になります。ご確認ください」

すでに用意されていたのか、カウンターには金貨が何枚も積まれていく。

金貨二枚あれば普通の人なら一年は過ごせる金額だが、それが次々と積み重なっていく。

「合計で金貨二〇枚と銀貨一二枚になります。ご確認ください」

「うん、確認した。ありがとう」

俺は金貨と銀貨を一つの袋にまとめて入れる。

あとで他の冒険者たちと分ける必要があるので、今は自分のものとは別にしておく。

「それでは会議室にご案内いたします」

受付嬢の後をぞろぞろとついていき昨日の会議室へと入る。

すでにギルドマスターのバッファと帝国から同行したギルド職員が待っていた。それと見知らぬ冒険者が三人座っている。

きっと護衛として同行する冒険者なのだろう。

俺たちが空いている席に座ると、バッファが話し始めた。

「待たせてすまなかったな。代わりに入る冒険者を手配した。この街の冒険者だが、街でも指折りのパーティーだ」

バッファが視線を送ると三人の冒険者が席から立ち上がる。

二人は戦士で一人は盗賊（シーフ）系だろうか。男性三人でそれなりのベテランのようだ。

「急遽（きゅうきょ）ギルドマスターからの指名ということで、護衛に参加することになった。ここからシファンシー皇国までであるが一緒に向かうので、よろしく頼む」

代表の一人に合わせて二人も軽く頭を下げた。

「三人ともＢランクのベテランだ。護衛依頼で何度も皇国へ行っているので問題ないはずだ」

確かに皇国へ行ったことのない俺からしたら、ルートがわかっている冒険者が同行するのは助かる。

Ｂランクといえばそれなりの実力があると思うし、反対する理由はない。下手な人選をしたら、ギルドとしての面子（メンツ）も立たないし、ギルドマスターも自信をもって紹介したのだろう。

全員が自己紹介を行い、すぐに出発することになった。

商業ギルドではすでに出発の準備ができており、護衛の配置を再確認したのち、出発となった。

この街を出れば、あとは国境の関所を越えシファンシー皇国に入ることになる。

しかし、前回の襲撃だけで済むとは思えない。皇国に入ってからも油断はできない状況に、荷台に座りながら思わずため息が出る。

「トウヤ、何ため息をついてるんだ？　ため息をつくと幸せが逃げるって言うだろ。あと二日で国境に到着する予定だし、気楽に行こう。トウヤの魔法を使えば奇襲など怖くないだろう？」

ルミーナは俺の魔法を信用しているのか、気軽に考えている。確かに探査(サーチ)を使っていれば奇襲など受けることもないし、十分に用意しての対応が可能だ。

陽気なルミーナに毒気を抜かれたのかもしれない。寄りかかりながらのんびりと外の風景を眺めることにした。

∞　∞　∞

国境までの二日間、何事もなく到着することができた。

簡易的であるが、柵に囲われた中に兵士の詰め所と宿がいくつか並んでいた。

ここで受付を行ってからシファンシー皇国へと出発することになる。

しかしすでに夕刻近くなので、ここの宿にて一泊することになった。冒険者用の宿は大部屋が用意されていた。

追加料金を払えば個室も使えるとのことで、金に困ってない俺とルミーナはさっさと個室をとることに。

個室といっても、簡素なベッドとテーブルと椅子が二脚あるだけだ。

まぁ、あの大部屋で寝るよりはマシなのでありがたい。

ここでは食事の用意はされておらず、護衛メンバーは各自食事することになった。

商隊の商人たちが用意する食事を購入することもできるが、ルミーナは期待を込めた目で俺を見つめている。

やれやれと思いながら共用の炊事場近くに次元収納（ストレージ）からテーブルと椅子を取り出すことにした。

まだ熱い状態の寸胴（ずんどう）を取り出して、いくつかの器を並べ、そこにパンを並べていく。日持ちがする硬いパンではなく、焼き立ての柔らかいパンだ。

それに肉と野菜が盛りだくさんに入ったスープを器によそっていく。

ルミーナはすでにフォークを手に持ちながら、まだかまだかという期待の視線を送ってくる。

「ほら、準備できたぞ」

「さすがトウヤ。わかっているな」

「酒は出さないからな」

「……仕方ない。これだけで我慢するか……」

飲む気満々だったのか……。

たとえ柵に囲まれている詰め所だからといって、ジェネレート王国からどんな妨害があるかわからない。

この前みたいに酔いつぶれることになったら、何かあった時、対策もとれない。

しかし全員が簡素な食事をしている最中に、俺たちだけテーブルを囲んで温かい料理を食べていれば目立つのは仕方ない。

一緒に護衛していたメンバーも、商人から購入したと思われる干し肉をかじりながら羨（うらや）ましそうな視線を送ってくる。

「「「「…………」」」」

何も言わずに期待を込めた視線に思わずため息が出てしまう。

「……一人一杯だけだからな……」

「やったー！　さすがトウヤだっ！　おい、みんなトウヤが振る舞ってくれるぞっ」

護衛メンバーがぞろぞろと集まってくる。その様子に途中から合流した三人も何かあったのかと、同じように集まってきた。

気がつけば護衛メンバー全員が集まっている。

次元収納(ストレージ)から全員分の器を出し、一人ずつスープを入れた器を配っていく。

大量にしまってあるとはいえ、毎日振る舞っていたら帰りの分は足らなくなるなと思いつつ配っていった。

「……本当に分けてもらっていいのか……？」

やはり途中から合流したからか、遠慮気味であったが、俺は笑みを浮かべて頷く。

「これだけ配って渡さないわけにはいかないだろ。味わってくれ」

「あぁ、感謝する。護衛中に温かい食事がとれることなど皆無だからな」

三人も俺に頭を下げてから、自分たちの場所へと戻っていった。

全員に配って落ち着いたので席に座ると、すでに皿に盛ったパンがなくなっていた。

「トウヤ、もうちょっとパンが欲しい。このスープと合うんだよな」

口元にパンくずをつけたまま笑みを浮かべたルミーナに苦笑しながら、お替わりのパンを皿に乗せ、俺も食事をすることにした。

四　シファンシー皇国領

次の日、受付を済ませ早々に詰め所を出てシファンシー皇国に足を踏み入れた。

国境を越えても、風景は同じだ。一本道が長く延びており、周りには草原が広がっている。

シファンシー皇国の皇都までの道のりは、街を一つ経由して五日ほどの日程だ。

休憩の時に途中加入の冒険者たちに襲撃がある可能性を伝えると顔を引きつらせていたが、襲撃がありそうなポイントを地図を広げ教えてくれた。

この場所から街までに怪しい場所はないが、街から皇都へ向かう途中に襲撃の可能性がある場所があるらしい。

その場所は分岐路になっており、違う道へ向かうとジェネレート王国へ続いているそうだ。

だからといってその場所まで安心できるとは限らない。

街までの道のりも注意深く探査で探りながら進んでいったが、途中、ゴブリンや狼の魔物が出てくる程度で俺の出番などあるわけでもなく、他の冒険者が処理をしていた。

そしてあっけなく街へと到着することになった。

商人から指定された宿の部屋でゆっくりと寛ぐ。野営ばかりだったのでベッドで眠れるのは本当にありがたい。

しかしなぜか俺がルミーナと同部屋になったのには納得いかなかったが、商人が手配している関係で個室を割り当てられないのは仕方ない。他の護衛たちから突き刺さるような視線を浴びながら部屋へと入る。

さっそく目の前で装備を外そうとするルミーナを見て思わず背を向けた。

「ちょっと、俺がいるんだから待ってよ」

「私とトウヤの中で隠すものなぞないぞ。なんなら一緒に風呂にでも入るか？」

ルミーナの女性的な肉体美を少しだけ想像してしまったが、首を横に振り煩悩を飛ばす。

着替え終わるのを待ってから俺も部屋着へと着替える。

「冗談はやめてくれよ……」

「そうだな。先を越したらシャルロット殿下やアルトリア殿から何を言われるかわからんしな」

確かに正式に婚約者がいるのに、護衛先で——なんてことになったら囲まれて冒険者を引退させられそうな気がする。

「ほら、くだらないこと言ってないで早く食堂で食事を済ませに行くぞ。明日からの予定についても再確認しておきたいし」

襲撃があるとしたらこの街からシファンシー皇国の皇都に行くまでの間になるはずだ。

どのような形で襲撃があるかわからない。

この前は魔物を呼び寄せてきたし、次は兵士を投入してくる可能性もある。

勇者を投入してまで奪いにくることはないと思うが……。

今後のことを考えながら、部屋を出て食堂へと向かった。

食堂ではすでに護衛メンバーが席を固めて座っていた。一人が俺に向かって手を挙げたので、軽く合図をして席へ向かう。

「そのままルミーナと部屋にこもって出てこないかと思ったよ」

「ルミーナとはそんな仲じゃないし、今は護衛中だろ？」

「確かになー。英雄は何とかというだろ？」

確かに英雄は色を好むというが、俺はこの世界に転生してからそんなことは一度もない。前世でも……あまりなかったな。

俺が苦笑すると、ルミーナが頭を傾け肩に乗せてくる。

「――トウヤだったらいつでもいいんだぞ？　ぷははっ。とりあえずエールな！」

ルミーナの声に食堂のウエイトレスが返事をし、厨房（ちゅうぼう）へと駆けていった。

全員のドリンクが配られ、乾杯をし、雑談をしながら食事を進めていく。食事が終わってからが本番だ。

「……それでこの先、襲撃はあると思うか？」

「それはわからないが、あの一回だけってことはないと思う。どんな妨害があるか想像もつかないが……」

他の護衛からの言葉に素直な気持ちを話す。

「何もなければいいんだがなぁ。野盗くらいならこのメンバーなら問題なく対応できるが、そう簡単にいくとは限らないよな。可能性としては……傭兵（ようへい）か？」

「……傭兵？」

俺は一人の護衛の言葉に首を傾(かし)げる。

「あぁ、この皇国では冒険者ギルドもあるんだが、盛んなのは傭兵ギルドだ。対人も含めて戦争へも金次第で参加するくらいだからな。もちろん旗色が悪くなればすぐに撤退するんだが……」

傭兵について俺はわからないので、よく知っている冒険者が代わりに説明をしてくれた。

傭兵ギルドは、冒険者ギルドとそこまで変わっていることはないのだが、基本的には対人が主になっている。

護衛の仕事も請け負うが、一つのパーティーで護衛を行うことが多く、俺たちみたいに寄せ集めではなく、ある程度の人数が揃(そろ)っているのが特徴だ、少人数で行う薬草採取や、魔物の討伐に関しては帝国と変わらず冒険者ギルドが行っているが、人数は圧倒的に傭兵ギルドが多いとのことだ。

大規模なパーティーは傭兵クランを結成し、そこにいくつかのパーティーが所属している形になっている。新人などは個人で所属してもどこかのパーティーに組み込まれ育て上げられる。

大手クランの中には一〇〇人を超えているところもあり、人気があるクランはやはり所属するのにも競争率が高く、なかなか入れない。

「もし大手クランから――狙われたら……？」

「その可能性もあるな……。さすがにこの護衛の人数で戦闘のプロと呼ばれる傭兵クランを相手することはできないぞ」

俺の質問にすぐに返事が返ってくる。

殲滅(せんめつ)していいなら、俺一人が魔法を連発すればなんとかなるだろう。しかし、これから向かう皇国の傭兵を皆殺しにして、そのまま何食わぬ顔で皇都に入れるとは思えない。

まだ可能性の段階ではあるが、頭の隅に残しておくことにする。

次の日の予定を再確認し、各自部屋に戻り眠ることにした。

∞　∞　∞

次の日。朝食を早々に済ませ、護衛の馬車の待ち合わせ場所へと皆で移動する。

すぐに分かれて所定の位置につき馬車は出発した。

何事もなく皇都まで到着してくれればいいのだがと思いながらもその考えはすぐに打ち砕かれた。

「傭兵だっ！　俺たちが目的でない可能性もある。戦闘準備だけしておいてくれっ」

先頭を進む馬車より、後続へと伝達が回ってくる。

俺も馬車から顔を出して先を眺めると、道の両側に一〇〇人近くだろうか旗を立てた集団が集まっていた。

「トウヤ、これは覚悟を決めたほうがいいかもな」

ルミーナもいつになく真剣な表情をしている。

……先制攻撃で大規模魔法を放つしかないのか？　いや、しかし目的が俺たちとは限らない。

少しずつ傭兵の集団へと馬車は近づいていく。

休憩していた傭兵たちも俺たちの馬車に気づき、警戒をするように動き始めた。

一〇〇メートルほど手前で馬車を停車させ、護衛の冒険者数名とギルド職員で先行することになった。

辺りは見晴らしがよいので襲撃とかの可能性は低いが、数名に馬車を守るように待機してもらっている。

俺もルミーナと一緒に傭兵たちのもとへと向かった。


「この集団は誰かを待っているのか？」

一応、俺がAランク冒険者ということで、代表して声を掛けることになった。

これは前日の打ち合わせで決められていたことだ。

前にいた傭兵が後ろに合図を出すと、一人が奥に走っていき、しばらくしてから一人の大柄な男が現れた。

「この傭兵団の団長をしているゴルドだ。念のため聞くが、お前たちは――ルネット帝国からの馬車か？」

「……だったらどうするんだ？」

俺の警戒が一段上がる。

「そんなに警戒しないでくれ。って言っても無理だよな。この人数に囲まれていれば仕方ないか。まぁ簡単に言うとだな、シファンシー皇国に持ち込まれたら困る禁制のものがあるから、それを奪取してほしいとのことだ。場合によっては力尽くでもな」

「私はルネット帝国の冒険者ギルド職員だ。禁制になるものなど何も運んではいない。それは私が証言しよう」

「ふふふっ。お前には禁制でなくても、こちらには禁制になるかもしれないだろ？　それを決めるのは俺たちだ。なぁ？」

「そうだな」

「団長の言う通りだ」

傭兵の各々が笑いながら、同調していく。

どちらにしろ、素直に通すつもりなどないのかもしれない。

「これは冒険者ギルドと傭兵ギルドの問題になるのだぞっ！　完全に規約違反だっ！」

職員が怒りながら団長へと詰め寄っていく。

しかし、一瞬のうちに団長が剣を抜き、冒険者ギルド職員を斬り捨てた。

「うぐっ……」

そのまま崩れ落ちるギルド職員を助けるために、俺は一気に詰め寄り、職員を抱き抱え後ろに下がる。

「ちょっと待ってろ、ハイヒール」

傷は深かったが、これでもう大丈夫だろう。

そのまま意識のない職員を寝かせ、俺は前に立つ。

「……お前ら、何しているのかわかっているのか？　ギルド職員に対して殺傷沙汰を起こして」

「おい、誰か、その男が何か言ってたか？」

「いや、なんも聞いてねぇ。一人で騒いでただけだろ？　職員様になんて手をあげるなどありえねぇ」

「「「ぎゃははははは」」」

傭兵たちは団長の言葉に大きな声を出しながら笑う。

気を良くしたのか、団長は剣を肩にかけたまま、俺に視線を送る。

「それで、冒険者の諸君。この人数を相手にお前たちはどうするつもりなんだ？　皆殺しにして禁制の品ってものを取り上げてもいいんだぜ？　依頼主からはできればそちらのほうを勧められたしな。まぁ、お前らの有り金全て寄こせば命くらいは助けてやるかもしれないがな」

「おい、トウヤ、どうするつもりなんだ？　この人数はさすがに……」

一緒にいた冒険者も表情が暗い。自分たちの末路を考えたのかもしれない。

「……ルミーナ」

俺の言葉にルミーナがすぐそばまでやってくる。

「なんだ？　トウヤ。どうせやるつもりなんだろう？　もちろん私も参加させてもらうぞ。トウヤからもらった剣がフィットしていてな。誰にも負けるつもりなどない」

ルミーナの表情を確認し、満足した俺は他の冒険者に小声で声を掛ける。

「おい、この職員を抱えて馬車に下がって後退してくれ。戦いに巻き込まれないようにすぐに向かうんだ」

「ちょっと待ってくれ、もしかして二人でか!?　この人数に……?」

「いいからすぐに下がってくれ」

「あぁ、わかった」

冒険者二人で意識のない職員を抱えて馬車へと走っていく。

この場に残った俺とルミーナに対して、傭兵団一〇〇名以上……。

思わず口元が緩む。

この高鳴る高揚感はゲーム中の戦争と同じだ。

大勢を前にして、狂戦士（バーサーカー）として先頭に立っていた頃のものと。

次元収納（ストレージ）から両手剣を取り出し、地面へと突き刺す。

この人数だ。遠慮はするつもりはない。俺の次元収納（ストレージ）に入っているいつもの武器だ。

柄（つか）から剣先まで黒く、刃の幅は三〇センチほど。長さは俺の身長と変わらないほどの——両手剣（バスターソード）。

俺の取り出した武器に、傭兵団の団長の表情が変わった。

「そのひょろい身体でそんな武器を扱えるのか?　しかも二人で。その姉ちゃんは俺があとでたっぷり可愛（かわい）がってやるからな」

「あぁ、もちろん使えるさ。それに実力をこの状態で出し渋るつもりもない」

次元収納（ストレージ）から取り出す——相棒。

「な、なんだと!?　なんで黒曜馬（バトルホース）がいきなり現れた!?」

コクヨウは鼻を鳴らし、そして——俺の頭を甘噛(あまが)みする。

「——こんな時でもそれか……。勘弁してくれ」

次元収納(ストレージ)に仕舞われていたことが気に入らないのか、甘噛みしたあとに尻尾で俺の頭をバチバチと叩(たた)いてくる。

頭についたコクヨウの涎(よだれ)を拭(ぬぐ)いながら、突き立てていた剣を引き抜く。

「こっちの用意は終わったぞ」

俺の言葉に団長は鼻を鳴らす。

「剣士二人にそのバトルホースだけで俺たちとやり合うつもりなのか？　おい、お前ら。傭兵の強さを教えてやれっ！」

「「「「おうっ！！」」」」

傭兵たちも次々と剣を構えた。俺たちに興味がなくなったのか、団長は集団の中へと下がっていく。

「いや、俺、回復術師(プリースト)だし。いや……今は——賢者か」

『火炎竜巻(ファイヤーストーム)』

無詠唱で魔法を唱える。

いきなり燃え広がった炎の竜巻が傭兵たちを包み込んでいく。

「なんだ!?　魔法使いなのかっ!?」

「熱いっ！　誰か消してくれっ」

炎の竜巻から逃げるように散開していく傭兵たちに俺とルミーナは斬りかかっていく。

もちろん、俺は殺すつもりはない。

統制のとれていない傭兵などに後れを取るつもりはなく、ルミーナと二人、背中を合わせるように背後を守りながら傭兵たちを打ちのめしていく。

少し離れた相手には空気弾（エアバレット）を放つと、直撃を受けた傭兵が次々と倒れていく。

半分くらいに減ったところで、後ろに下がっていた団長が出てきた。

「……少しはやるようだな。冒険者を侮っていたかもな。これからは俺が相手だ」

金属製の盾を左手に持ち、右手には大型の片手剣を構える。

他の傭兵は後ろに下がり、俺たちを囲むように広がった。

「ルミーナ、あいつは俺一人でやる。下がっていてくれ」

「あぁ、わかった」

頷（うなず）いたルミーナは剣を構えながら俺から少し距離をとった。

傭兵団を率いているだけあり、その構えに隙（すき）はない。しかしレベル的にも負ける気はしない。

両手剣（バスターソード）を構えながらゆっくりと近づいていく。

一気に詰め寄って剣を振りかぶる。団長は盾と剣を構え、俺の剣を受け止めた。

「ほう……。なかなかの力だな。この人数に挑むだけある。だがなっ！」

力任せに俺の剣をはじき返した団長は、そのまま俺に横薙（よこな）ぎに斬りかかってくる。寸前のところで一歩下がり、その剣を躱（かわ）すと前髪が数本散っていった。

「これも躱すか……。お前、冒険者なぞ辞めて俺の傭兵団に入らねぇか？　冒険者よりよっぽど稼げるし、お前なら俺の後釜にしても惜しくないぞ」

「生憎、帝国からは離れられないのでねぇ。謹んで断らせてもらうよ。待っている人もいるから」

帝国ではシャルやアル、そして養護施設の皆も帰りを待っている。

俺がこの世界で世話になった人たちを見捨てるようなことはしない。

「残念だが仕方ない。この場でお別れになりそうだなっ！」

振りかぶってきた剣をはじき返す。やはり今まで戦ってきた兵士よりも強い。これだけの人数を率いている傭兵の団長なだけある。

しかし――それだけだ。

身体強化を掛けると自分自身に力がみなぎってくる。

俺は先ほどとは全く違うスピードで斬りかかる。俺のスピードについていけないようで、団長は一撃で吹き飛んでいった。

周りを囲んでいる傭兵たちはその光景に唖然とする。

「――まだ足りないか？　次からは容赦はしない」

片刃の両手剣を反対側にし、次からは命を刈り取るということを示す。

それだけで傭兵たちは後ずさっていく。

そんな時だった。

「あれあれ。一人にこれだけの傭兵団が怖気づいちゃうんだ～？」

「サキちゃん、そんなこと言わないの。みんなが怯（おび）えてしまうでしょう」

気軽に話しながら傭兵たちの間から出てきたのはまだ一〇代に見える女性四人組だった。

五　同郷

四人は緊張感もなく俺たちの前に出てくる。

とても傭兵（ようへい）をしているように見えない四人に、周りにいる男たちは一歩引いた。

その四人は戦士、盗賊職、魔法使いに回復術師（プリースト）だろう。冒険者としてもバランスが良いパーティーに見える。

「サキちゃん、そんなこと言わないの。みんなが怯（おび）えてしまうでしょう」

「わかったよ、アオイ姉ちゃん」

「アオイが一番お姉さんっぽい。キレたら一番怖いけど……」

「――アユミ……後でわかっているわよね？」

「あーやっぱり怖いっ」

四人の緊張感がない状況に、俺も思わず唖然（あぜん）とする。

しかもそれ以上にその装備に見覚えが……。

「それにしてもお兄さん強いね。この傭兵団じゃ、全員が相手でも勝てるでしょう？　まったく、念のためってことで助っ人に来たけど、これは楽しみかもしれないね」

サキと呼ばれていた子は戦士なだけあり、戦闘が好きみたいだ。

四人を見ても全員が成人になったばかりに見える。まぁこの世界では一五歳で成人と言われているから元の世界と比べられるわけじゃないけど……。

「魔法職で両手剣を持つなんて、常識知らずもいいところで……ござる」

この子は盗賊職？　いや、どこから見ても忍者、くノ一の格好に見える。

シファンシー皇国ではこんな格好でもいいのか？　それにしても『ござる』っていつの時代だよ。

それ以前に全員の装備が気になる。

「それよりも、隣のビキニアーマーのお姉さんが卑猥ですっ！　もがなければっ！」

「アユミ、羨ましいからってそんなこと言わないの」

「くノ一には巨乳は邪魔なのでいらないでござる」

「シノブちゃん。だって、だって、あのボイーンですよっ！　それを私たちに見せつけるようにっ！」

自分の胸を見つめ憤慨している魔法使いのアユミって子に思わず苦笑してしまう。

ルミーナは気にした様子もなく、俺のそばに寄ってくる。

「なぁ、トウヤ。私の装備に何か問題があるのか？」

「……いや、いろいろと羨ましいだけだと思う……」

「そうなのか？　ならいいんだが……」

首を傾げながら胸を持ち上げるように腕を組む姿に、またアユミが憤慨する。

「アオイも見てよっ！　あの見せつけたようなポーズ！」

「そんなことに気にしていても仕方ないでしょう。私たちは頼まれた仕事をするだけですし」

「確かにそうだね。お兄さん、素直に白旗上げてくれないかな？　これでも私たち四人はシファン

シー皇国では最強と言われている傭兵団なんだ。お兄さんよりも絶対に強いよ？」

確かに周りの傭兵の様子を窺っていると、その実力差はわかる。いい大人の男たちがこの子たちには気を使っている。

だからといって今回の依頼を放棄するつもりもない。

「それで、四人は助っ人ということでいいのかな？　戦うつもりなら容赦はできないけど……」

いくら強いといっても、この世界ので一次職だ。俺の職業で勝てないってことはない。

こんな女の子たちを怪我させたくないが、この世界では殺らないと殺られる。

確かに賢者は魔法職になるから、武器について補正が効くわけじゃないが、動きについては誰よりも覚えている。

それだけＰＷＯ（『パンデミック・ワールド・オンライン』）に時間と金を注いできたんだから。

全く戦意を失ってないことに少し呆れ気味のサキが一歩前に出てくる。

「女の子だからって甘く見ているでしょう？　さっきも言ったように私たち四人はこの皇国でも最強と言われてるのよ。名前は――ハイスクール傭兵団」

「ブハッ」

その言葉に思わず吹き出してしまう。

いや、確かに年齢的にはそうだと思う。この世界に高校って名前そのものがないのに、その言葉を使うか？

それにしても、やはりそうだったか……。どうりで見覚えがある装備だと思った。

――俺以外にもいたのか……。

「なに笑っているのよっ！」

少しムキになったサキが剣先を俺に向けてくる。

「いや、悪い……。懐かしい名前につい思わずね……？　俺も自己紹介しておこうか。名前はトウヤ、今はルネット帝国で冒険者兼――侯爵をしている」

「……侯爵？　貴族なの？　冒険者なのに？」

「あぁ、帝国ではいろいろとあってね。それよりもこれを見てくれないかな？」

俺は次元収納（ストレージ）から一本の両手剣（バスターソード）を取り出して地面に突き刺した。

黒く禍々（まがまが）しいデザインと普通では持てないような大きさ。二メートルを超える長さの両手剣（バスターソード）だ。

イベントで配られた武器で攻撃力は皆無。見た目の派手さだけの戦士用に配られたアイテムだ。

もちろん、その武器を手にするのにはそれなりの高レベルでないともらえないイベントだったけど。

サキの表情が一気に変わった。

「そ、その剣はっ！　も、もしかして……」

なんとなく理解してもらったのかと思う。あとは……。

「それにしても、ハイスクール傭兵団って……どこの――高校だい？」

「「「……!?」」」

決定的な一言だろう。

四人の表情が一気に変わった。

「……少し待って。相談してくる」

「あぁ、わかった。好きなだけ話してこい。できれば交戦は控えたいしな」

俺の言葉に頷(うなず)いて、サキは後ろに下がり四人は円を囲うように小声で話し始めた。

「なぁトウヤ、あの四人はどうしたんだ？　これから戦うんだろう」

「いや、もしかしたら戦いを回避できるかもしれない。多分だけど……」

「まぁ私とトウヤの二人がいればなんとかなるだろう。私は指示に従うだけだしな」

五分ほど、四人の会話は続き、終わったと思ったら、一人の回復術師(プリースト)、アオイと呼ばれていた女の子が出てきた。

「トウヤさんでいいんでしたよね。やはりトウヤさんは――ＰＷＯの……？」

「あぁ、この場で詳しくは言えないが、その通りだ」

「いくつか確認させてください。あの武器はイベント用だと記憶にありますが、あれは戦士職用のでは？」

「確かに。あの時は――狂戦士(バーサーカー)だったしな。たまたまこのアカでインしている時に呼ばれた」

「……もしかして、王国の狂戦士(バーサーカー)のトウヤ……？　あの高レベルで有名な……」

無言で頷いて肯定する。

「もう少しお待ちください。みんな集まって」

アオイの言葉に全員が先ほどと同じように円を囲い小声で話し始めた。

また五分くらいだろうか、話し終えた四人は俺の前で一列に並んだ。

「私たちはトウヤさんに——ついていきます」

アオイの言葉と同時に四人が深々と頭を下げた。

「……どういうこと？」

いきなり態度が軟化したことに驚いてしまう。先ほどみたいな敵対心は全くない。

「詳細は省きますが、私たちはトウヤさんと敵対することはないです。勝ち目はないですし、私たちはトウヤさんのことを知っています。ＰＷＯで共闘したこともありますし。まぁ後ろから眺めていただけなんですけど」

「敵対しないのなら助かる。俺たちは護衛の依頼で皇都の商業ギルド本部に行きたいだけだしな」

「それでしたら、私たち四人もその護衛に加わらせてもらいます。私たちがいれば皇国の傭兵団は手出ししないと思いますし」

「それなりに有名なんだな？」

「ええ、トウヤさんに比べれば低いですが、四人ともそれなりのレベルなので、そこらの男たちには負けませんわ」

「わかった。護衛の依頼料としては俺の懐から出すつもりだ。その他に要望はあるか？」

「それも後で詳細をつめさせていただけたら。私たちのホームも皇都にありますから、そこで話をさせてください」

アオイが前に立ち、右手を差し出してきたので握手をする。

これで一件落着かと思ったが、そうはいかなかった。

「おいっ。どういうことだ!? お前たちはうちの傭兵団が雇ったはずだろう? なんで敵と手を組んでるんだ?」

先ほど吹き飛ばした傭兵団の団長が、他の傭兵に肩を借りながら前に出てきた。

「えぇ、その契約は破棄させていただきます。私はこのトウヤさんについていくことにしましたから」

「そんな簡単に傭兵の契約が解消できると思っているのか!? しかも敵側に寝返るなど、この皇国で傭兵団全てを敵に回すつもりかっ!」

憤慨する団長に、表情を変えないままのアオイが前に立つ。

「それでしたら、あなたの傭兵団全てを潰して、私たちに敵対する皇国の傭兵団全てを――潰すほうがいいですね」

アオイの言葉に団長は絶句する。

「では、トウヤさん行きましょうか」

振り返ったアオイは俺に微笑みかける。

「あぁ、わかった。ルミーナ。後ろで待機している連中を呼んできてくれ。このまま通り抜ける」

「ちょっと、待てっ! おい、どうなっているのだっ!? こいつらを全員殺せと契約したはずだろう」

一人だけ戦闘服ではない、貴族服を着た三〇代の男が前に出てきた。

こいつが依頼主だろう。

この格好はどこから見てもジェネレート王国の貴族服だ。

「あ、いや……しかし……」

団長としても、契約だから何とかしたいのだろう。しかし、俺がいる。それに今加わった四人を相手にして勝つのは無理なんだろう。

地面に突き刺した禍々しい両手剣（バスターソード）を片手で持ち上げその男に向かって剣先を向ける。

「……お前、ジェネレート王国の貴族だろう。賠償金をさらに――増額させたいのか？」

今回、ルネット帝国とジェネレート王国で交わした証書に次のような記載がある。

〝両国は商業ギルド本部に提出する書類について、妨害を行ってはならない〟と。

こいつを捕まえて、商業ギルド本部で身分照会すれば、足がつくはずだ。

だからこそ王国の連中は第三国であるシファンシー皇国の傭兵を使ったんだろう。

「わ、私は王国とは関係ないっ！　失礼するっ。おい、そこをどけっ！」

逃げるように去っていく男に呆れてしまう。

「これで決まりだな。通してくれるか」

俺の言葉に団長は渋々ながら頷くと、傭兵たちに指示を出す。

ゆっくりと近づいてくる馬車を先導するように、俺と四人、そしてコクヨウが先頭を歩く。

傭兵たちも納得いかないだろうが、これが実力だから仕方ない。

特にこの四人はそれなりに皇国では有名なのであろう。

無事に傭兵たちの囲いを抜けた俺たちは、馬車へと戻る。

コクヨウには申し訳ないが、また次元収納に戻ってもらうことにした。

「やはり……先ほどの馬もアイテムだったのですね。私たちはその馬をゲットできるレベルまでいかなかったので……」

「さっきの馬に乗ってみたい！　トウヤさん、あとで乗せてよ」

「あぁ、コクヨウがいいっていえばな。皇都に着いたら君たちのことを教えてくれるか？　お互いに召喚について話しておきたい」

「えぇ、私たちもです。情報交換させていただけたら」

「狭いところだが、この荷馬車に乗ってくれ」

俺とルミーナが乗っていた荷馬車に四人を乗せる。俺とルミーナ含めて六人乗るとやはり狭く感じてしまう。

「……近くで見るとやはりすごい……もぎたい」

静かだったアユミはルミーナの胸を凝視している。

「私は大きさなど気にしないで……ござる……」

アユミとシノブはルミーナのことが気になるみたいだ。

ルミーナは二人の会話を聞きながら意味がわかっていないようで、不思議そうに首を傾げたまま皇都へと馬車を進めた。

皇都到着

無事に傭兵たちの襲撃を退け、予想外の同行者を得たが、俺としては皇国のことを知っているメンバーが増えたのは素直にありがたい。

俺以外の冒険者たちは怪訝な表情をしていたが、俺が身柄については保証すると説明したら素直に納得してくれた。

やはり救国の英雄というネームバリューがあるのは大きい。それに冒険者とはいえ、ルネット帝国では侯爵という上級貴族でもあるので、冒険者ギルド職員も商業ギルドの面々も文句を言うことはない。

それどころか、今回の妨害について、商業ギルド本部、冒険者ギルド皇国本部にも苦情を言うと息巻いていた。

下手をすれば、ジェネレート王国から冒険者ギルド自体を撤退する可能性さえ匂わせるほど、ギルド職員は怒っている。

まぁ、傭兵団にあれだけ言われ、斬られたのだからその言い分はよくわかる。

回復魔法があったから事なきを得たが、場合によってはそのまま命を失う可能性さえあったのだから。

「それにしても、傭兵契約を簡単に破棄して大丈夫なの？」

俺の質問に四人は少し悩んでいたが、アオイが大きく頷いた。

「えぇ、それに関しては問題ないかと。ただ……今回のことは他の傭兵団にも少なからず情報は回るはずです。私たちの傭兵団は四人だけでやっていたので、今後、他の傭兵団からの助っ人要請は見込めないかと……」

「そっか……。よければ四人で帝国に来てもいいんじゃないかな？　傭兵ギルドはないけど、冒険者ギルドは充実しているし、四人で活動しても問題ないはずだよ。国が変わるし、冒険者ギルドでも最低ランクからのスタートになるとは思うけど……」

「それは問題ありません。四人で活動できるならどの国でもいいですし。護衛や戦闘なら他には負けませんから」

「そうそう。私たち四人でも他の大人数の傭兵団とやり合えるくらい強いしね！　トウヤさんにはレベルで勝てる見込みもないけど……」

アオイの言葉にサキも口を挟んでくる。

さすがにＰＷＯについての細かい話はルミーナもいるし、ここではできない。

当たり障りのない会話をしているうちに、皇都が見えてきた。

門での検査もすぐに通り、俺たちは商業ギルド本部の前で片道分の護衛任務の完了印をもらう。

しかし、すぐに解散にはならなかった。

「トウヤさん、あとハイスクール傭兵団の皆さん、少し話を聞かせてもらっていいですか」

商業ギルドの受付嬢に声を掛けられて、俺たち五人は応接室へと通される。ルミーナには先に宿をとってもらうように頼んでおいた。

応接室といっても、二〇名ほどが会議を開けるくらい広く、その一角に俺たちは座る。

「すみません、すぐに人が集まりますので、それまでこちらでゆっくりとしていてください」

数分待つと、会議室にぞろぞろと人が入ってきた。中には皇国まで同行したギルド職員に商人まで
いる。

全員が着席したのを確認した、中央に座る男性が一人立つと、上座に座っている数人が立ち上がる。

「まず、今回の護衛任務において、代表者であるキサラギ侯爵に謝罪したい。申し訳なかった」

謝罪をした男性に合わせて全員が頭を下げる。

「……謝罪は受け入れます。しかし今回の件について説明していただかないと、同行した冒険者たちにも説明がつきません」

「あぁ、そうだな。まずは自己紹介しよう。わしは皇都の商業ギルドをまとめている。ジッパーニという。端から冒険者ギルドグランドマスター、傭兵ギルドグランドマスター、そして他国との外交を担当している枢機卿様だ」

このシファンシー皇国の政治体制については帝国にいた時に事前に聞いている。王族などはおらず、代わりに教皇がおり、その片腕として数名の枢機卿、司教や司祭などがおり国を運営している。

また、国の体制としては自由度が高いため、各国にある商業ギルドや冒険者ギルドの総本部が置かれている国でもある。

ということは、ここにいるのは商業ギルド、冒険者ギルド、傭兵ギルドのトップということか

……。

各自の紹介を聞いた隣に座っている四人組は緊張した表情を浮かべている。

俺は前世も含めて社会人を経験しているし、この世界に来てから皇族含めて相手をしてきたから問題はないが、元高校生にはこの面々を相手にするのは辛(つら)いかもしれない。

あれだけ馬車で元気だったサキなど、一番縮こまっている。その中でまとめ役だけあるのか、アオイはしっかりとしている。

同行した冒険者ギルド職員が今までの経緯を説明していく。

特に間違ったことを言っていないので、口を挟まずに説明を聞いた。

「……そうか。わかった。それで傭兵ギルドからは何かあるか？」

「はい、大まかに聞いている中ではあっているかと。しかし依頼者からは皇国では非合法と言われるものを秘密裏に運び入れるのを阻止するようにと依頼されたと聞いております。まぁ、ジェネレート王国の貴族から直接依頼を受けたことに舞い上がった傭兵クランがやらかしたことです。それ相応の処罰はするつもりです。……それで君たち四人は傭兵クランと直接契約を交わしている。なぜ、簡単に破棄し、キサラギ侯爵のもとに下ったのだ？　君たちはここ一、二年で、皇国でも少人数精鋭の実力派と言われるクランになったはず」

傭兵ギルドのグランドマスターは元傭兵なのか、鍛え上げられた身体に鋭い眼光で四人を睨(にら)みつける。

グランドマスターからしても、初対面の冒険者(俺)に対して、戦いもせずに同じ皇国の傭兵仲間を裏切ったのが信じられないみたいだ。

「そ、それは……」

アオイも言葉を詰まらせる。

ここは助け船を出さないといけないな。

「それについては、ここの四人は俺と同郷なのです。直接の面識はありませんが、俺の武器を見て気づいたみたいですね。同郷の結束は固いですから」

「えぇ、そうです。それに私たちはトウヤさんの名前も知っております。ど、同郷でもかなり有名でしたから」

アオイはチラッとこちらを見て俺に合わせるように言葉を被せてくる。

「……そうか、どこかはわからんが、仕方ないか……」

何を言っても今回に関しては傭兵ギルドに非があるのは明白だ。傭兵ギルドを通してでなく、直接クランに持ちかけられた話とはいえ、冒険者ギルド、商業ギルドを敵に回しては運営できるものではない。

しかも今回、冒険者ギルドの職員が傭兵に斬られたのだ。

最悪、ルネット帝国に戦争を仕掛けていると言われても仕方ないのだ。

「枢機卿様、何かご意見がございますか？」

商業ギルドグランドマスターのジッパーニが尋ねると、軽く頷いた。

「お初にお目にかかる、キサラギ侯爵。ジェネレート王国とルネット帝国の戦争における第一功績者である救国の英雄殿とお会いできて光栄です」

枢機卿の言葉にジッパーを含め、冒険者ギルドグランドマスター、傭兵ギルドグランドマスターも驚いたように目を見開いた。

それにしても教会の情報網はさすがとしか言いようがないな。

「今回の護衛任務に関しても、ジェネレート王国とルネット帝国の覚書の運搬です。大きな金額が動くことになったことが原因でしょう。傭兵ギルドは監督不行き届きとして、商業ギルドと冒険者ギルド、今回ルネット帝国から訪れた人に見舞金を出しなさい。そして教会、冒険者ギルド、商業ギルドは連盟でジェネレート王国に抗議の書面を送ります。キサラギ侯爵、これでどうでしょうか」

傭兵たちと戦ったのは俺とルミーナだけだが、道中、他の冒険者たちも魔物寄せの香で集まった魔物を倒した。それなりに実入りがあれば問題ないだろう。

「えぇ、それで構いません。ただし、今回の件は王国に対して厳しい対応をお願いします」

「それはもちろん、この枢機卿の名において行うことを保証します」

「あと、ここまでの道中に、王国からの妨害で、魔物寄せの香を使われ、数多くの魔物を倒してきました。それの引き取りもしてもられば」

「それは、冒険者ギルドで引き取ることにしよう。それなりに上乗せはさせてもらう。その分はきっちりとジェネレート王国に請求するがな」

冒険者ギルドグランドマスターの言葉に俺は頷く。

かなりの数を倒しているし、同行したメンバーにある程度の分配ができれば、見舞金を含めてそれなりの金額になると思う。

「ありがとうございます。他は……あ、この四人については今回のことが噂(うわさ)で広まれば助っ人などの仕事が激減するはずです。ルネット帝国に拠点を移し面倒を見ようかなと」

俺の言葉に傭兵ギルドグランドマスターの表情は渋る。

やはりそれなりに有能なのだろう。実績があれば指名依頼や名声はそれなりにあると考えられる。

「……それはうちとしては困るが……四人の希望には応えざるをえないな。四人はどうするつもりだ？」

「私たちはこのまま拠点を引き払ってルネット帝国に身を寄せる考えです」

「ならば仕方あるまい」

渋々ながら傭兵ギルドグランドマスターも認めてくれた。逆に冒険者ギルドグランドマスターは頬(ほお)を緩ませている。

「ルネット帝国は冒険者ギルドしかないから、皇都で登録していくといいだろう。私からも便宜を図るように手配しておく」

四人の名声は知っているようで、他国であろうが優秀な冒険者が増えるのは嬉(うれ)しいことなのだろう。

そういえば、俺も一応冒険者だったな……。

少しの雑談を行ったあと、俺たちは皆で冒険者ギルドへ向かうことになった。

四人の冒険者への登録と、俺の次元収納に入っている魔物の引き渡しだ。

グランドマスターも同行してもらうことになり、商業ギルド会館から少し歩いた先の冒険者ギルドへと辿り着いた。

しかし冒険者ギルドの本部なのだが、ルネット帝国帝都にあるギルド会館のほうが大きい。

不思議そうな表情をしていたのがバレたのか、ギルドマスターは笑い始めた。

「冒険者ギルドの元締めがこんな小さな会館だと思って不思議なのだろう？　まぁそれは仕方ない。皇国には傭兵ギルドもあるし、冒険者の数はそこまで多くない。冒険者を相手にするだけならこの建物の大きさで十分なのだ。本部の仕事はその裏に見える、ほら、あの建物だ」

グランドマスターが指さす先にはギルド会館よりも立派な建物が見える。あそこで各国の管理をしているということか……。

俺の納得した表情に満足したのか、グランドマスターの先導でギルド会館へと入っていった。

受付嬢は突然現れたグランドマスターに直立不動になった。

「すまんが、マスターはいるかい？　それと四人の新規登録だ。傭兵ギルドでも十分な実績を残している。それなりのランクにつけるように手配してくれ」

「は、はいっ！」

受付嬢の一人は、奥へと駆けていき、もう一人は新規登録の書類の用意を始めた。

ほどなくして奥に行った受付嬢が戻ってきて、会議室の用意ができたことを知らせてきた。

俺たちは受付嬢の案内で奥にある会議室に入る。

グランドマスターに促され、席に座っていると焦ったように一人の中年が入ってきた。

「グランドマスター！　来るなら教えてくれないと職員が驚くじゃないですか！」

書類を持った受付嬢も後を追ってくる。

「すまんの。ほれ、優秀な新人をスカウトしてきたぞ」

「そんな……ん？　まだ皆、若いじゃないですか……」

「説明が足りんかったな。そこにおる二人はすでに冒険者として登録しておる。そこの四人が新人だ」

「はぁ、わかりました……。その四人に登録用紙を配ってもらえるか」

「はい」

受付嬢はアオイたち四人に登録用紙と筆記用具を手渡した。

「それで……キサラギ侯爵はこの後、魔物の引き取りでよかったのだな」

「ええ、それで構いません」

「えっ……き、キサラギ侯爵……？」

俺とギルドマスターの会話に男性は反応した。

「お主も知っておろう。帝国をあの状態から勝利へ導いた救国の英雄殿だ」

「あの、王国の勇者にも勝ったという……？」

「あぁ、その通りだ。なぁキサラギ侯爵？」

俺は驚いた表情をしている中年の男性をちらりと見て素直に頷いた。

それにしてもここまで情報が広まっているとは……。まぁここはギルド総本部だし情報が早いのは仕方ないか……。

しかしアオイたちは俺のことをそこまで知らないので不思議そうに首を傾げていた。

「もしかしてトウヤさんって相当な有名人……？」

隣に座っていたアオイが尋ねてきた。

「もともとはサランディール王国で冒険者をしていたんだが、いろいろあって今はルネット帝国でお世話になっているんだ」

「いろいろですか……」

「いろいろって簡単に言うが、一国を救ったことは確かだしの。そうだ、わしの権限でランク上げておくからカードを出せ」

今はAランクだからその上って……Sランク？

この世界に片手ほどしかいない最高峰と聞いているが、そんな簡単に上げていいのか？

「何、不思議そうな顔をしてるのだ？　一〇〇人を超える傭兵団でも相手にならん、占領されていた国は救う。勇者より強い。Sランクに相応しいとは思わんか？　Sランクについてはこの皇国でしか手続きができんのだ。これを逃したらいつになるかわからんぞ」

言われるがままグランドマスターにカードを渡すと、そのカードを受付嬢に手渡し指示を出していた。

「嬢ちゃんたちも書き終えたようだな。おい、この嬢ちゃんたちは全員Cランクにしておいてくれ」

「えっ。そんな簡単に……」

グランドマスターの言葉に男は顔を顰める。

「この嬢ちゃんたちは、傭兵ギルドのハイスクール傭兵団の四人だぞ。確か傭兵ギルドでもCランクだったはずだ」

「あの有名なハイスクール傭兵団ですかっ!? そんな……冒険者ギルドに引き抜いたりしたら……傭兵ギルドと揉めることになるんじゃ……？」

「いや、今回のいざこざで四人は冒険者ギルドに引き取ることになった。まぁ、拠点はここじゃなくて、ルネット帝国になるだろうがな。そうだろう？」

「「「「はいっ」」」」

元気よく返事したアオイたちにグランドマスターは頬を緩ませる。

「そうですか……。わかりました。私のほうで指示してきます」

男は四人から用紙を受け取って退出していった。

「これでいいだろう。あとは……ルネット帝国のギルドマスターは……グルシアだったかの。あいつにも手紙を書いて渡しておく。帝国のギルドで渡せば優遇してくれるはずだ」

酒飲みのグルシアか……。顔を見ると俺の手持ちの酒をねだられるからな。

そう思っていると、グランドマスターは思い出したかのように手を叩いた。

「そういえばキサラギ侯爵……グルシアから聞いたのだが、何か美味い酒を持っているとか……？」

こいつも酒飲みか！

まぁ、ここまで優遇してもらって「ないです」と言うわけにもいかないか。

仕方なしに次元収納（ストレージ）から一本の酒を取り出してテーブルに置く。

「これですね。いろいろとしてもらいましたし、一本くらい贈呈しますよ」

「おぉ、すまんの。後でゆっくりと楽しませてもらおう。それでは先に魔物を倉庫に出してもらおうか」

ギルドマスターと一緒に部屋を出て、魔物を受け渡す場所へと移動した。

四人も気になるようで、ルミーナと一緒についてくる。

移動した大きな倉庫では、何人かが魔物の素材を解体していた。

「おい、魔物の引き取りだ。準備してくれ」

グランドマスターの言葉に、作業していた手を止めて三人ほど集まってきた。

「グランドマスター直々にですかい。魔物の素材ならこっちに出してくれれば精査して受付に伝えておくよ」

指示された場所にダブランの街で納入した以外の魔物を次々と出していく。

狼（おおかみ）、オーク、オーガに最後に——ベヒモスだ。

大量の魔物の死骸の山ができあがった。

「これで全部ですね。すっきりした」

すっきりとした次元収納（ストレージ）に笑みを浮かべる。

「「「「「…………」」」」」

俺以外に誰も口を開いていない。しかも口をぽかんと開けて唖然とした感じだ。

横を見るとルミーナでも呆れた表情をしていた。

「……お主、これだけの量が次元収納に入るのか……。しかもSランクの魔物――ベヒモスまでおるし……」

思わず四人に視線を向けるが、全員に目を逸らされた。

ギルドマスターに言われたが、俺と同じならアオイたち四人も同等の容量なはずだ。

「……な、何か問題でも……」

思わず言葉を返してしまう。しかし解体していた職員からの冷たい視線をヒシヒシと感じる。

「まぁ一度言葉にしてしまったから仕方ない。お前ら、増員して手分けして査定だけするのだ。アイテムボックスをいくつか持ってきて、解体できないのはそこに保管だ。さっさとあたれ」

ギルドマスターの一言で職員があわただしく動き出す。

「それにしてもこれだけの量だとすぐに査定は終わらんぞ。数日はこっちにいると聞いている。受け取りは後日にしてくれ」

今回、いろいろな事件があって皇都に五日ほど滞在することになっている。

ジェネレート王国が関与していることもあり、滞在しているジェネレート王国の大使を呼びつけて苦情を入れ通達を出すらしい。

これは各ギルドの本部名義でやるので俺たちに関係はないが、見舞金の算出をするのに滞在しているように言われていた。

「まぁ、疲れたしゆっくりできるからいいか。せっかくだから観光もしたいしな」

「あぁ、皇都にも美味い酒があるだろうし、トウヤ、楽しみにしているぞ」

やはりルミーナは酒が一番らしい。

「あの、よろしければ皇都を案内しますわ。この街で生活していたのである程度わかりますし」

「そうそう。できればいろいろと聞きたいこともあるし」

アオイたちからの提案に素直に頷く。初めて来た街だし、教えてくれるのはありがたい。

できれば美味（おい）しい店を紹介してもらって、次元収納（ストレージ）の中の減った食事を補充しておきたいしな。

「カードもできているだろうから受付で受け取って帰るようにな。わしはここで指示しておるからの」

ギルドマスターに挨拶をし、俺たちは受付で更新したギルドカードを受け取った。

四人も新しいカードに興味津々なようだが、傭兵ギルドの時のカードと大差がないらしく少しだけがっかりしていた。

ギルドを後にする。今回、護衛任務にあたっていた冒険者全員を商業ギルドが招待してくれるとのことで、指定されていた店に向かった。

なぜか、四人も一緒に同行することになったのはよくわからないが、俺への忖度（そんたく）かもしれない。

四人とは会ったばかりではあったが、同郷——一緒に召喚された者同士として強い絆がある。召喚されてから各々の生活はあるだろうが、やはりＰＷＯからの召喚者同士として共感せざるを得ない。

しかもこれからルネット帝国に戻るにあたり、四人も同行することになるので他のメンバーとの親交を図るにはいい機会だろう。

指定されたお店は大きな会場で、貸し切りになっていた。大きなテーブルがいくつか並びすでに半分くらいが埋まっている。

俺たちはスタッフに案内されるまま空いている六人掛けのテーブルにルミーナ、アオイたちと座った。

時間となり宴会が始まることになった。

商業ギルドのグランドマスターが司会をするために立ち上がる。

「この度、いろいろな妨害を受けながらも無事に皇都まで辿り着いたことを感謝する。この後については私たちに任せてほしい。悪いようにするつもりはないし、問題があるジェネレート王国には厳重に抗議をし、それなりの賠償金を請求するつもりだ。もちろん、それについては後で君たちにも配分される。まぁこんな話をしていても仕方ないな。では、無事を祝って乾杯！」

「「「「「「「乾杯！」」」」」」」

ビュッフェ方式になっており、各自、皿を持って好きな料理をよそって自分のテーブルで食べ始めた。

しかし俺は今回の活躍もあり、各グランドマスターたちが入れ替わり酒を注ぎに来て会話をしてくるので、四人と話があまりできない。

四人は気にした様子もなく、テーブルに並んだ料理に舌鼓をうっていた。

ルミーナも同じように酒をガバガバと飲みながら肉に食らいついているので、放置だな……。

まぁ仕方ないかと思いつつ、グランドマスターたちと会話をすることにする。

それにしてもシファンシー皇国でも、ルネット帝国の帝都奪還作戦については有名みたいだ。

俺が行った計画について詳細を聞こうとしてくるが、さすがに秘密裏に動いたこともあるから、言葉を濁すようにしていた。

それに合わせてジェネレート王国の勇者との闘いについても聞かれた。

正直、勇者というステータス補正があったとしても、所詮（しょせん）一次職である勇者に負けるはずもない。

もしかしたらアオイたち四人でも勝てるんじゃないだろうか？

もちろん高校生に殺し合いなどさせたくはないが……。

そんなことを考えながらワインに口をつける。

楽しい宴は時間があっという間に過ぎていく。

アオイたちとは翌日に冒険者ギルドで話をすることにして、酔いつぶれたルミーナを背負って宿へと戻った。

∞ ∞ ∞

翌日待ち合わせしていた時間に冒険者ギルドに向かうことにした。

ルミーナは前日飲みすぎたようで部屋からまだ出てこなかったので、受付に言付けだけして出てきた。

すでにギルドの酒場では四人がテーブルを囲んで食事をしているところだった。

「あ、トウヤさんこんにちは。先に食事をしています」

「こんにちは、構わないよ。俺も食べるつもりだし」

ウエイトレスに声を掛け、ランチとドリンクを頼む。

育ち盛りなのか、アオイ以外の三人は黙々と食事を進めている。

特にサキの食事の勢いはすごい。すでにお替わりを頼んでいるようで、空いた皿が積み重なっていた。

俺も目の前に置かれた食事を済ませ、ドリンクを一口飲んでから話を進めることにする。

「……それで四人の話を聞きたいんだが大丈夫か？」

「えぇ、私もトウヤさんの話を聞きたいと思っています」

「できれば他の人がいないほうがいいだろう？　受付で個室が借りられるか聞いてくるよ」

大体、ギルドには打ち合わせを行える個室がいくつかある。

基本的な造りが一緒の冒険者ギルドなら問題なくあるだろう。

俺は受付でギルドカードを提示して個室を借りたい旨を伝える。

俺のギルドカードを見た受付嬢が目を大きく見開き、すぐに手配してくれることになった。

一般的には有料で時間貸しをしてくれることになっているのだが、俺がSランクということもあり、無料で貸してもらえることになった。

個室に移り、全員席に座ってから話を始める。

「まずは俺からだな……」

ジェネレート王国で勇者として召喚されたが、送還によって知らない土地に飛ばされて、サランディール王国で冒険者として生活したのちにルネット帝国に移ったことなどを説明していく。

「……トウヤさん、苦労されたんですね……」

「皇女様と一緒なんて物語みたい。それで、もしかして……いい仲になったりとか？」

心配してくれるアオイとは裏腹にアユミは違うところで興味津々のようだ。

「それより四人は？」

俺は召喚されたからわかっているが、四人はどうやって召喚されたんだろうか？

「私たちは……ＰＷＯをしていて酒場で話している時に急に画面が真っ白になって気づいた時は草原に四人でいました」

「そうそう、最初どうしたらいいのかわからなかったけど、アオイがまとめてくれたからなんとか」

「アオイ姉ちゃんがいたからよかったよね」

一番しっかりしているアオイがいたからよかったのか。

「それに……私たちはこの世界では強いですから」

レベル１で召喚された俺と違い、四人は二次職のメインキャラクターで召喚されていた。

それならこの世界で負けることなどほとんどないはず。

なんせレベル100を超える概念すらなかったのだから。

「確かにこの世界には二次職という概念がなかったし、そのレベルに到達する人もいないみたいだからね」

「そうでござる。だから敵はいないでござる」

それから四人のこれまでの傭兵としての経歴を聞いていった。やはり盗賊との対峙はあるが、捕まえて衛兵に引き渡す程度しかしたことがないようだった。

日本人としてやはり殺人はやりたくないはず。

それでもレベル差だけで余裕で依頼をこなしていけたのには感心する。

「それにしてもトウヤさんって、狂戦士なのに、なぜ、回復術師の格好を？」

「それについては――」

自分の召喚された時のことを説明していく。

「レベル1からなんて……しかも回復術師なら余計に大変だったはず……」

「あぁ、それはイベントアイテムで経験値増幅の指輪があったから何とかなったかな。武器も持っていたし」

「そういえばありましたね。私たちはもう使えませんけど……」

「それよりもトウヤさん！　帝国のこと教えてください！　このまま移住しても住むところとか決めないといけないし」

サキの言葉に頷くと、帝国での生活について説明する。

「基本はこの皇都と変わらないけど、住む場所は貴族街と平民街に分かれているかな。とりあえず部屋は余っているから、しばらくは帝都にある俺の屋敷に住んでも構わないし」

「それって、貴族のお屋敷ですかっ!?　あのヨーロッパみたいな洋館に住んでるんですかっ!?　あと、あと……メイドさんもいるんですか!?　リアルメイド!」

サキはそちらのほうが気になるみたいだ。

確かに住んでいるところはヨーロッパにあるような洋館と言っていいだろう。しかもここに来る前に陛下から屋敷をもう一つ褒賞としてもらっているし。

――家精霊（エレメハス）付きの……。

「メイドについては一応いる。執事というか、家令みたいなのもね。俺が冒険者として帝都を離れる時もあるから、屋敷の管理もしてもらわないといけないし」

「うおおおお!　リアル執事!　リアルメイド!」

なぜかサキと一緒にアユミも興奮した様子だった。確かに俺たちからしたらリアルな執事やメイドなんてお目にかかることなどないもんな……。

「当面の住居に関しては面倒見るつもりだから心配しなくていいよ。四人で別に住むなら紹介もできるし」

「そうしてもらえると助かります。何せこの世界をまだよく知らないし、他国に移り住むとも思っていなかったので」

「俺も強い四人が仲間になってくれると心強い。養護施設も経営しているから時間がある時、一緒に遊んでもらえると助かるかな」

この世界は命が軽い。親が亡くなることなど多々ある。だから養護施設の数もそれなりにある。

「子供は好きですし、ぜひ参加させてください」

アオイは子供が好きで、もともと将来保育士になるのが夢だったと教えてくれた。

今はサヤ一人で養護施設を運営しているが、手伝ってくれるなら心強い。

アオイに養護施設のことを説明すると、やる気を出していた。

その後、雑談を行い、ギルドを出て街の案内をしてくれた。家で留守番している人たちや養護施設の子供たちのお土産などを購入する。

帰りの食事に関しては、泊まっている宿に多めに金銭を渡して作ってもらっているので問題はない。

数日が経過し、シファンシー皇国を出発する日を迎えた。

七 帰還

途中の街から助っ人に入った冒険者たちはすでに自分たちの街へと戻っていた。

今回、この数日間の間に正式に商業ギルド本部と傭兵ギルド本部から改めて謝罪され、少なくない慰謝料が支払われた。

大丈夫なのかと少し心配だったが、全てジェネレート王国に請求することを聞き、安心して受け取ることにした。

ジェネレート王国としても、商業ギルドと傭兵ギルド、冒険者ギルド全てが王国から撤退すると脅されたら受けざるをえないだろう。

実際に今回の事件については、シファンシー皇国としても許せる限度を超えていて、俺たちに支払った以上に慰謝料を取り立てると息巻いていたし、自業自得としか言えない。

これに懲りて大人しくなってくれれば助かるのだが……。

護衛の人数が減った分は、ルネット帝国に移住するアオイたちハイスクール傭兵団がルネット帝国まで護衛として入ることになった。

それと同時に俺の侯爵としての立場が発覚してしまったせいで、護衛として働くことはできなくなってしまい、自分の馬車を次元収納から出し、コクヨウに引いてもらうことにした。

御者台に乗りのんびりとコクヨウの馬車で進んでいるが、馬車の中からは女性特有の賑やかな声が御者台まで聞こえてくる。

俺を含めて探査(サーチ)が使えるシノブがいるので魔物からの襲撃は問題ない。

弱い魔物なら、コクヨウの気配を感じただけで逃げ出すから心配はしていないけど。

アオイたち四人は俺の馬車でのんびりと休憩しながら道を進んでいる。

あれ？　そういえば俺って一応侯爵だよね？　いつも御者をしている気がするが、コクヨウは俺の言うことしか聞かないから仕方ないか……。

それにしても御者が俺で、傭兵団が馬車の中って……。

気にしても仕方ないか。


数日をかけ、国境を越えルネット帝国に戻ってきたのだが、一つだけ心配がある。

窓から外を眺めながら騒いでいる四人だ。

「トウヤさん！　もう少しで帝都に着くんですよね？　貴族の屋敷って楽しみだなぁ。お姫様みたいな生活にあこがれちゃう」

「ドレスとか着てみたいよね！　ずっと傭兵の格好をしていたし。もしかしてお茶会とか開いちゃったりして！」

「そんなぁ、ドレスなんて恥ずかしい」

こいつら、やはり屋敷に住むつもりらしい。

確かに余っている部屋はいくらでもあるから問題はない。俺もそう言ってしまったし。

まぁ養護施設で使っている建物もあるし、後で考えてもらえば大丈夫だろう。

そして帝都が見えてきた。

正門は未だ復旧工事をしている。まぁ俺が壊したといっても過言ではないから後ろめたくもあるが、復興に向けての公共工事だと陛下も言ってもらったし、そのおかげで気も楽になった。

入場するための列の横をコクヨウが引く馬車が通ると、全員が道の端に寄っていく。

さすがに、このいかにも貴族の馬車で平民と一緒に並ぶことはできないから、貴族の特権を利用させてもらって優先的に入場させてもらうためだ。

「トウヤさん、あの門すごいですね！　イタリアとかにある建物みたい！　でもジェネレート王国との戦争であんなに壊れたんですか？」

「…………そんな感じかな」

正直にあまり言いたくないので言葉を濁すしかない。

門に近づくと、衛兵が俺の姿に気づき、整列を始めた。

「キサラギ侯爵のお帰りだ。道を整理しろっ！」

衛兵の一人が叫ぶと住民たちに道を空けるように指示していく。しかし、俺は〝救国の英雄〟として名が広まっているので、歓迎の声が響き渡り始めた。

しかも俺は業者台にいるのでギャラリーからしてみれば格好の餌食だ。

苦笑しながらも集まっている住民たちに片手を振りながら門をくぐっていく。

「それにしてもトウヤさんってすごい人気ですね」

アオイが小窓から顔を出して俺に声を掛けてくる。

「まぁ、ジェネレート王国に占領されていたのを追い出すのに頑張ったからね……」

言葉を濁しながら冒険者ギルドへと向かうことにする。

冒険者ギルドに到着し、コクヨウと馬車を預けてからアオイたちを連れてギルドの中へと入る。

受付でギルドマスターへの面会を頼んだら、そのまますぐに案内されることになった。

先導してくれた受付嬢が扉をノックし、部屋の中から許可が出ると扉を開く。

「キサラギ侯爵、どうぞ中へ。すぐにお茶をお持ちいたします」

「ありがとう」

お礼を言い、アオイたち四人を連れて中へと入る。

「おぉ。トウヤ、帰ってきたか。まぁ最初から心配などしていないけどな」

相変わらずのグルシアの態度に思わず苦笑してしまう。まぁ気兼ねなく話せるからいいんだが。

「あぁ、今帰ってきたところだ。道中でいろいろとあったが、あちらから書状を受け取っている。冒険者ギルド宛と陛下宛だ。商業ギルドには別で送っているはずだ」

次元収納（ストレージ）から冒険者ギルド宛の手紙を取り出してグルシアに手渡す。

「また、派手にやってきたんだろ？　しかもそこの別嬪（べっぴん）の姉ちゃんたちまでお持ち帰りしてきて……」

グルシアが俺の後ろに並んでいるアオイたち四人を見渡してから、手紙を開け始める。

四人にソファーに座るように指示し、俺も空いている席に座る。

じっくりと書状を読んでいたグルシアがそのままテーブルに投げて、呆れたように大きなため息をついた。

「――また派手にやってきたんだな……。しかも予想以上に……。それにしてもジェネレート王国も完全に落ち目になるな、これは……」

グルシアの言葉に無言で頷く。商業ギルド本部を敵に回し、シファンシー皇国の傭兵ギルドもきっと敵になるだろう。ルネット帝国への賠償金も増額され、さらに商業ギルドからも賠償請求がいくことになる。

大国だとしても痛い金額だ。まぁ、自業自得だから同情の余地もないが。

「それで、その四人のことも書いてあるが、移籍手続きでいいのか？　便宜を図ってくれと書かれていたが」

「あぁ、それで構わないだろう？　四人ともカードを出してくれ」

「「「「はいっ」」」」

俺の言葉に四人が返事をしてカードをグルシアに手渡した。

グルシアが四人に視線を送ったあとにカードのランクを確認し、少しだけ悩んだような表情をした。

「Cランクならそれなりの実力だろう、まだ若いが……。実際どれくらい使えるんだ？」

「実力で言ったら……。俺の――次くらいか？」

実際にレベルが100を超えているし、そこらの冒険者に絡まれても負けることはない。それは魔物に対してもだ。

武器についても魔法の技術に関しても、ここの世界で暮らす冒険者たちが束になっても敵（かな）うことはない。

「――そこまで使えるのか……。よし、わかった。俺の権限でBランクに昇格させておく。それで様子を見て、使えるならAランクにすぐに上げるように手配する。それでいいか？」

Bランクなら下手に絡まれることもないだろう。

グルシアが机に置かれた鈴を鳴らすと、すぐにノックされ受付嬢が入ってくる。

「ここにいる四人の移籍手続きだ。案内してやってくれ。全員Bランクに昇格させて構わない」

受付嬢はグルシアの言葉に少し驚きの表情をするが、すぐに頷く。

「では、ご案内いたしますのでこちらにどうぞ」

俺が頷くと四人は受付嬢の後を追って部屋を出ていく。

俺と二人だけになったグルシアはいきなり、ゴソゴソと棚を漁（あさ）り酒を取り出した。

「最近忙しくて飲んでる時間もなかったからな。トウヤもいくか？」

自分のグラスにコトコトと酒を注（つ）いでいく。

「相変わらず飲んでるのか……。俺はこの後もあの四人を案内する必要があるからやめておくよ。あとそれと……」

次元収納（ストレージ）から酒を一本取り出してテーブルに置く。

「便宜を図ってもらった礼だ」

「やっぱりトウヤはわかってるなっ！　もう少しで前にもらった酒がなくなりそうだから助かったぜ！　この酒を飲んだら他の酒が飲めなくなるしなっ」

置いた酒をすぐに戸棚に隠すように仕舞っているグルシアに、相変わらずだなと思いながら苦笑する。


二人で情報交換をしていると、扉がノックされ四人が戻ってきた。

「無事に手続き終わりましたっ」

アオイの言葉に四人が同時にBランクのギルドカードを見せびらかすようにかざす。

「なら、ここでの用事は終わりだな。四人でまたギルドに来ることもあるだろうから、頼んだ」

「あぁ、任せておけ。俺はなんもしないけどな」

がははと笑いながら酒を呷るグルシアにため息をつきながら部屋を出る。

冒険者ギルドを出てコクヨウの馬車に乗り込んで出発する。

「トウヤさん、これからどこに？」

「とりあえずは俺の屋敷かな。今回の件で陛下にも説明する必要があるし、数日は屋敷で待機してもらうつもりだ」

「ついにお屋敷訪問ですねっ！　かくれんぼとかできそう！」

「こら、サキ！　子供じゃないんだからっ！」

養護施設にいる子供たちと同じかと思わず笑ってしまうのを堪えながら馬車を屋敷へと進めてい

く。

貴族街へと入りほどなくして屋敷へと到着した。

屋敷の前ではすでに家令を含めメイドたちが整列して待っていた。

俺が最初に馬車から降り、アオイたちも順に降りる。

「トウヤ様おかえりなさいませ」

「「「「おかえりなさいませ」」」」

家令の掛け声に合わせ、全員が頭を下げる。

「あぁ、ただいま。留守をありがとう。それとこの四人を任せていいかな」

「はい、お任せください」

俺の言葉に家令のダリッシュが頷く。

「ほほーっ。リアル執事にリアルメイドだよっ！　これはたまらんっ」

サキの目が一番輝いている。他の三人の表情も何かを期待しているかのようだし。

四人を任せ自室に入る。

「フェリス、いるかい？　ただいま」

俺の言葉にフェリスがすっと現れる。その後ろにはティルもいた。

「フェリス、ティル。ただいま」

「おかりなさい、トウヤ。寂しかった」

俺の帰りにフェリスは笑みを浮かべる。ティルはフェリスに促されるように前に出てこくんと一度頷いて、そのままフェリスに抱きついた。

フェリスは愛おしそうにティルの頭を撫でながら二人とも姿を消していった。

執務室で寛いでいると、扉がノックされ、許可を出すとダリッシュが部屋に入ってくる。

「四人とも部屋にご案内いたしました。王宮のほうにもトウヤ様が帰還されたことを伝えに走らせております」

「ありがとう。明日にでも陛下に説明しに行くよ。夕食は四人と一緒に食べるから用意を頼む」

「わかりました。では手配しておきます」

一礼した後、ダリッシュは部屋を出ていく。

ソファーで寛ぎながら、明日からの予定について考える。

陛下たちに説明した後は久々に養護施設の子供たちにも会いたいしな。四人については、ルミーナに任せれば問題ないだろう。傭兵ギルドと冒険者ギルドの違いを説明してもらう必要もあるし。

少しの間はこの屋敷で問題はないが、俺の専属護衛でない限り、この屋敷に長期間の滞在は面倒ごとになるはず。

他にも今後のことについて考えていると、いつの間にか窓から夕日が差していた。

メイドに夕食の準備が整ったと伝えられ、ラフな格好でダイニングへと向かう。

ダイニングにはすでに四人が座っていた。

「待たせたね。食事にしようか」

俺が席につくと、メイドたちがテーブルに食事を並べていく。

俺一人の時より明らかに豪華になっている。

テーブルに並べられた料理を、アオイたち四人は目を輝かせて眺めている。

「トウヤさん、貴族っていつもこんな食事をとっているんですか？」

「こんな料理見たことないです」

「早く食べたいで……ござる」

「ここまで豪華なのは来客がある時くらいだよ。普段は一人だし、もっと簡素にしてる。それは同郷だからわかるだろ？」

俺の言葉に四人は勢いよく頷いた。

「それより、食べよう。とりあえず無事にルネット帝国へ帰還できたことと、四人の歓迎を含めて乾杯」

「「「「乾杯」」」」

俺は酒を飲めるが、アオイたち四人はまだ未成年だ。この世界では成人を迎えているとはいえ、酒の代わりにジュースにしている。

四人が勢いよく食事を始めたのを確認し、俺も食事を始める。

さすがにダリッシュやメイドたちがいるのに、日本の話はできないので後で話そうと思う。

その前にこれだけは説明しておかないとな……。

「みんな、食べながらでいいから聞いてくれ。この屋敷には――浴場がある。食事を済ませたら入るといいよ」

　俺の言葉に四人が反応した。

「お、お風呂があるんですかっ!!」

「こっちに来て……初めてのお風呂……」

「桶で体を拭くだけの生活だったのが……」

「すぐにでも入りたいでござる」

「あぁ、四人で入っても問題ない広さがある。食事を済ませたら案内させる」

「「「「ありがとうございます!!」」」」

　四人とも満面の笑みだ。やはり一般市民にはあまり広まっていないが、貴族たちは基本、毎日風呂に入ることが多い。ただ、蛇口をひねればお湯が出るということがないこの世界では貴重であり、それなりに裕福であったり、貴族でないと屋敷に設置されていない。

　四人の反応を見て、やはり入れる機会がなかったんだなと思う。

「そういえばトウヤさんに聞きたいことがあったんですが……」

「うん？　答えられることなら問題ないが……」

　少しだけ恥ずかしそうな表情をしながら言葉を続ける。

「あの……この国の女性冒険者の戦士って……みんな……ルミーナさんみたく――――ビキニアーマー着ているんですか……？」

「プハッ」

アオイの言葉に思わず吹き出してしまう。

「いや、ルミーナ……だけだな。あの格好しているのは……。今までギルドの依頼をいくつも受けたことがあるし、他の国、街へも行ったことがあるが、ルミーナ以外に見たことは……ない」

俺の言葉に四人は安堵（あんど）の息を漏らす。

逆にあれが普通かと思ったほうがすごいと思う。俺でも最初はかなり視線に困ったしな。

「よかった。私も戦士職だから、あのビキニアーマー着ることになるのかと思った。まだ、見せられるスタイルじゃないし……」

顔を紅（あか）くしながら答えるサキに思わず笑みを浮かべる。

「今の装備で問題はない。それどころか、その装備ならこの帝国でも問題なくやっていけるはずだ」

「それを聞いて安心しました。また相談に乗ってください」

アオイの言葉に頷く。

「食事を済ませたら、そのまま風呂に入ってもらって構わない。その後、俺の執務室で少しだけ話をさせてもらっていいか？　疲れているだろうが、俺も明日には王城へと報告に行かなければならない。その前に話をしておきたいんだ。ＰＷＯのことも含めて」

俺の言葉に四人とも頷いた。

食事を済ませ、風呂に入った後に執務室で今まで溜（た）まっていた書類を終わらせゆっくりしていると、扉がノックされた。

許可を出すと、ダリッシュが四人を連れてきた。

「それでは失礼いたします」

ダリッシュは四人を案内すると、そのまま退室していく。

「好きなところに座ってくれ」

俺の言葉に四人が座ったので話を始める。

「とりあえず、俺の名前はこっちではトウヤ・フォン・キサラギだが、そのままわかる通り、日本名は如月燈也（きさらぎとうや）だ。サラリーマンをしていてPWO中にこっちのキャラに荷物を移動している時に召喚された。レベル1の回復術師（プリースト）で召喚された時は本当に大変だった」

こんなことを正直に話せる相手は、同じ境遇にあるこの四人だけだ。

「今はレベルを上げて賢者に転職している。でも、次元収納（ストレージ）に入っていたのはメインキャラ（バーサーカー）の不用品ばかりだったから、そのまま使用しているんだ」

俺の説明が終わるとアオイが手を挙げた。

「では、私から改めて自己紹介をします。この世界ではアオイです。平民扱いですから。本名は川崎葵（かわさきあおい）、17歳の高校生です」

「次は私ね。アオイ姉ちゃんの妹のサキです。本名は川崎咲希（かわさきさき）、15歳のピチピチ中学3年生です！」

「じゃぁ、次は私。アオイの同級生でシノブです。本名は立花忍（たちばなしのぶ）で、ござる。歳（とし）は、アオイと一緒で……ござる」

「もう、シノブったら。まだその言葉を続けるの？　最後は私ね。名前はアユミ、田辺歩未（たなべあゆみ）です。

アオイとシノブと同級生です」

リアルＪＫとＪＣか……。なんか俺だけおじさんで申し訳ない気がする……。日本じゃ俺、三五歳だしな……。

「四人ともありがとう。一応知っていると思うが俺はこのルネット帝国で侯爵位を授かっている。この国なら俺の名前を出してくれれば問題はないはずだ。とりあえずこの屋敷で帝国に慣れてもらってから、どうするか考えればいい。しばらくなら滞在してもらっても構わないし、街へ出るのにも貴族街への通行証をだしておくから」

俺はもうこの世界で骨を埋めることを決めているが、四人のことはわからない。もしかしたら元の世界へ戻る方法を探すために旅立つ可能性もあるし、俺が強制することではない。

同郷のよしみで協力は惜しむつもりはないが。

「そうですね、いつまでもトウヤさんに甘えてばかりもいれませんし、この屋敷で少し暮らしながら四人で相談して決めたいと思います」

「えーっ、この屋敷から出ていくの!?　こんな貴族の屋敷に住めることなんて一生ないよ？　しかもあんな綺麗(きれい)なお風呂だってあるし……。トウヤさんだって、いたいだけいていいって言ってるじゃん」

アオイの言葉にサキが反論する。

「サキ、トウヤさんは今すぐに決めろとは言っていないの。トウヤさんの仕事だってあるし、いつまでも頼ってばかりではダメでしょう」

「ああ、アオイの言う通りだ。帝国の土地勘もないのに放り出すことなんてするつもりはないから安心してくれ。帝都を自分の目で見て四人で決めるのがいいと思う」

「ほら、トウヤさんも言ってるじゃない。私たちがここにいると、トウヤさんに恋人がいたら迷惑がかかるでしょう」

……恋人じゃなくて婚約者ならいるけどな……。しかも複数。

しかしその言葉に反応したのがアユミだった。

「え、トウヤさんって恋人いるんですか!?　どんな人ですか!?　もしかして同じ貴族の令嬢とか!?　もしかして——悪役令嬢とかっ!?」

「「「きゃーー!!」」」

四人できゃあきゃあと女子トークが始まってしまった。それにしてもどんな本に影響されているのか……。

「恋人はいない、が……婚約者ならいる、な……」

ここで隠しても仕方ないから正直に話す。

そのあとも質問責めにあったが、全てを話すつもりがないので、早々に解散することにした。まだ話し足りないらしく、四人は寝るまで一つの部屋で話すそうだ。

俺はため息をつきながら早々に寝ることにした。

それにしても日本の女子の好奇心の怖さを初めて知った……。

朝食を四人と一緒に済ませた後、アオイたちには屋敷にいてもらうように指示して城へと向かった。

今回、シファンシー皇国への護衛任務におけるジェネレート王国とのことを説明する必要があったからだ。

門の衛兵に軽く手を上げて通り抜け、そのまま城へと入ると、従者が待機しており応接室へと直接通された。

少しの間待っていると、陛下と殿下、ガウロスも一緒に部屋に入ってくる。

「久しいな。すでにある程度の連絡を受けているが、シファンシー皇国へと赴いていた件でか？」

陛下の言葉に頷き、商業ギルド本部からの手紙を次元収納（ストレージ）より取り出しテーブルに置く。

「詳しくは後で説明いたしますが、まずは商業ギルド本部からの書状を預かっておりますので」

陛下は手紙を開封し、何枚かにまとめられた紙を読みながら眉間にしわを寄せた。

読み終わった書状をテーブルに置き、大きなため息を一つつく。

「要件について書状にまとめられていた。詳しく教えてくれるか？」

「えぇ、道中についてですが――」

道中であったことを詳細に話していくと、ジェネレート王国の対応に全員が呆れた表情をした。

一〇〇人も傭兵を集めたのに全く役に立たないし、一番強いと言われているアオイたちハイスクール傭兵団は俺に寝返った。しかもギルド職員を斬りつけるなど、冒険者ギルド、商業ギルドを敵に回しても仕方ない。

傭兵ギルドも今回ジェネレート王国から依頼を受けたせいで、それなりの厳しい処罰が下っているしな。

「それにしても、賠償金五億Gだったのが、倍額か……。ジェネレート王国も自分で自分の首を絞めたということか……」

今回の賠償としてさらに五億G追加されたのだ。

商業ギルドからは、それに合わせ自分の分を乗せ、ジェネレート王国に請求すると聞いている。

他にも俺は直接傭兵ギルドから三〇〇〇万Gの賠償を受けている。依頼とはいえ、非合法的に他国の貴族に剣を向けたのだから仕方ない。

これに関しては同行した冒険者にある程度配分しておいた。冒険者たちは傭兵ギルドと直接対峙していないのに、臨時ボーナスがもらえたと喜んでいるくらいだった。

「今回の賠償金でトウヤにはさらに一億Gを褒賞として出そう。残りは復興資金に回させてもらうが構わんか？」

「ええ、もちろんです。それだけいただければ問題ありません」

冒険者ギルドからの依頼料や、魔物の素材料などそれなりの金額を受け取ることになっているが、養護施設の運営や屋敷の維持などを考えたらいくらあっても問題はない。

その後も今後の話をし、席を立つ。

そして従者にテラスに案内されると、ちょうどシャルとアルが紅茶を楽しんでいた。

二人は俺の姿を見ると、表情を緩ませ立ち上がる。

「トウヤ様おかえりなさい。無事でよかったです」

「あぁ、ただいま。二人とも相変わらず元気そうでよかった」

「どうぞ座ってください。紅茶を用紙しますから」

アルが席を立ち、近くで控えているメイドに指示を出す。

俺も空いている席に座った。

「トウヤ様、シファンシー皇国のこと教えてください。どんな旅だったのですか？」

「旅というか護衛任務だけどな……。いろいろなことがあったよ、道中で――」

二人にも道中で起こったことを説明していく。最後まで説明すると二人とも拳を強く握りしめ怒りを露わにする。

「ジェネレート王国も毎回毎回本当に懲りないわね……」

「ええ、それで自国の首を絞めているのですから本当に仕方ないかと……」

「まぁこれで少し大人しくなってくれればいいかな」

運ばれてきた紅茶に口をつけ、背もたれに寄りかかる。

少しの間は依頼も受けるつもりはないし、のんびりとしたい。もう少し屋敷にいて、家精霊のテイルとも意思疎通もしたいしな。

「トウヤ様、この後は城でゆっくりとできるのですか？」

「あぁ、午後は養護施設にも顔を出すつもりだけど、当分の間は依頼を受けるつもりもないし、帝都にいるつもりだよ。もしかしたらレベル上げはするかもしれないけど」

今回の依頼でも魔物を倒し、レベルは上がった。それでもまだゲーム全盛期の実力にはほど遠い。

魔法職の最高峰の賢者であっても、この先、勝ち続けることができる保証はない。

一度の敗北で周りの大切な人の命が奪われる可能性があるなら、俺はずっと負けないように実力をつけていきたい。

「それで……ひとつ確認したいことがあるのですが、屋敷に滞在している四人の傭兵の子たちは……もしかしてトウヤ様のハーレムに入れるつもりですか？」

シャルの言葉に思わず首を横に振る。

実際に可愛い子たちだと思う。今の俺の年齢からすればつり合いは取れるが、同郷の常識を持っていたらハーレムになんか入りたくないだろう。

「いや、そんなつもりはないが……」

「実際に会わせてください。女子同士で話し合います。午後からはサヤさんの養護施設ですよね？そこで待ち合わせしましょう。アル！　行く準備をするわ」

「はいぃ～！　トウヤさん、またあとでー！」

勢いよく立ち上がり走っていくシャルに、それを追いかけるアルを見て苦笑する。

俺は最後の一口を飲み干し、席を立つ。

「あとは女の子たちに任せるしかないか」

そう言って、紅茶を淹れてくれたメイドたちに礼を伝え、城を後にし屋敷に戻ることにした。

∞　∞　∞

屋敷に戻ってきてから、四人を呼んで一緒に養護施設に向かうことにした。

それにしてもこの四人はいつでも元気だ。

養護施設に行くのにあまり目立ちたくないので、俺も四人に合わせて冒険者の装いをしている。

アオイたちも俺の後を追ってくるが、街並みが気になるのかきょろきょろと見まわしながら楽しんでいた。

そのためにまっすぐに養護施設に向かうのではなく、市場やギルドなどを経由している。

ある程度帝都を説明しておけば、四人とも自由に動き回れるだろう。強さには安心しているし、そこらの冒険者に絡まれても返り討ちにできるのは目に見えているし。

屋敷からのんびりと歩き養護施設へと到着すると、中庭からは子供たちの元気な声が響いてくる。

「ここが運営している養護施設なんだ。中を案内するよ」

俺の言葉に四人は頷く。

「おう、元気にしてるかー？」

俺の言葉に中庭で遊んでいた子供たちが一斉に振り向いた。

「あー！　トウヤ兄ちゃんだー！」

「ほんとだー！」

子供たちが次々と俺に群がってくる。子供たちを順番に抱きかかえながら四人のことを紹介する。

「今日は一緒に来ているお姉ちゃんたちもいるぞー！　アオイお姉ちゃんにサキお姉ちゃん、あとはアユミお姉ちゃんにシノブお姉ちゃんだ！　みんな遊んでもらえー！」

俺の言葉で子供たちの興味は四人に移っていった。アオイたちも子供が好きなようで、視線を同じ高さに合わせいろいろと話し始めていた。

中庭が賑やかになったので、サヤとルミーナ、そしてシャルとアルの四人も建物から出てきた。

「トウヤさんおかえりなさい」

サヤは勢いよく俺に抱きついてきた。驚いたがそのまま受け止める。

「あ、サヤさんずるいです！」

シャルが俺の背中に抱きつき始めた。その姿を見て笑うアルとルミーナ。

少しだけ柔らかい感触を楽しんだあとに二人に離してもらい、四人のことを紹介する。

「アオイたちちょっと来てくれ。みんなを紹介するから」

子供たちと遊んでいる四人に声を掛けると、子供たちの頭を軽く撫でてから集まってきた。

「こっちにいるのが、シャルとアル。あとはこの養護施設を運営しているサヤだ。ルミーナもここに住んでいるんだ」

俺の適当な紹介に、アルは少しだけ苦笑したが、シャルが一歩前に出てスカートの端を掴(つか)み優雅に貴族流の挨拶を始める。

「私はルネット帝国第一皇女、シャルロット・ヴァン・ルネットでございます。気軽にシャルと呼んでください」

「私は護衛の近衛騎士副団長のアルトリア・フォン・ミルダです。私も同じようにアルと呼んでもらえれば」

二人の挨拶にアオイたちは口を開いたまま絶句している。

まぁ、確かに養護施設で紹介されたのがいきなり皇女だったりしたら驚くよな、普通は……。

普段は城にいるし、いくら帝都とはいえ平民街にある養護施設にいるとは誰も思わないし。

「あ、私はこの養護施設の運営をトウヤさんから任されているサヤと言います。二人と違って平民ですから……」

サヤの相変わらずの優しい笑みは癒される。

四人はロボットのようにカクカクと俺のほうを向くと、いきなり俺のことを囲み、サキが俺の胸倉を掴んできた。

「なんで皇女様がこんな軽く挨拶してるのよっ！」

「皇女様がこんな気軽に……」

そんなことといっても俺はサランディール王国時代からの付き合いだし、ポンコツなのを知っているから今さら敬えといっても無理だ。

「ちなみに私とシャルはトウヤさんの婚約者です」

「そうなんです！」

アルの言葉に胸を張って応じるシャル。

その言葉は今伝えたくなかった。

恋バナ好きのＪＫとＪＣにはその言葉は禁句だ……。

「「「「えーー!!　しかも二人とも!!」」」」

やはり四人の瞳がキラキラと輝いている。俺の周りにいた四人はすぐにシャルを囲むように移動していった。

「どんな感じに知り合ったんですか!?　ぜひ教えてくださいっ！」

俺を放置して女性だけで話し始めたので、俺はルミーナの隣へ行く。

「ルミーナ、護衛任務お疲れ様。もう疲れは大丈夫か？」

「あぁ、帰りは楽だったしな。それより、この四人ってこんな感じなのか？」

「まぁ、いろいろとあるんだよ。年齢的にな」

ワイワイと騒いでいるのを眺めながら苦笑する。

話が終わりそうもないので、食堂へと移動してまた女子トークが始まった。

「もしかしてサヤさんも、トウヤさんを狙っていたり!?」

アユミの問いに顔を真っ赤に染める。

「トウヤさんはもう貴族ですから……。でも、愛妾にでもなれればそれで……」

「「「「このスケコマシ!!」」」」

なぜか四人から罵声が飛んでくる。

「なんだ？　貴族なら普通のことであろう。それも甲斐性であるしな」

しかし一人だけこちらの味方がいた。

ルミーナは言葉をさらに続ける。

「私はお前たち四人もそうなると思っていたのだが。女を屋敷で匿っているのはそういう意味ではないのか？」

——やっぱりルミーナも敵だった。

「「なんですって!?　どういうことですか！」」

シャルとアルが見事に反応した。

収拾のつかない状態になり、俺を非難する声が養護施設に響き渡ったのだった。

四人の異世界生活

「ねぇ、アオイ姉ちゃん。今日の戦争もすごかったね。私も早く前線で活躍できるようになりたい」

「ええ、そうね。私たち四人ももっと頑張らないと。やっと一次職が終わって二次職になったばかりだからね」

「うんうん、もっと強い魔法覚えてドバーって敵を倒したい」

「私も早く影分身のスキルが欲しいで……ござる」

オンラインゲーム『PWO（パンデミック・ワールド・オンライン）』の戦争が終わり、シファンシー皇国のギルドホールは人で溢（あふ）れていた。

戦争の後は、多くの人が反省会や慰労、そしてレベル上げの狩りのメンバー集めを目的として集まっていた。

アオイ、サキ、アユミ、シノブの四人は同じテーブルを囲む。

四人はアオイとサキが姉妹、アユミとシノブはアオイの高校の友達であった。最初は三人で始めたゲームであったが、高校受験が終わり、アオイたちと同じ高校に入学が決まったサキが合流してきたのだ。

アオイは回復術師（プリースト）の二次職である上級回復術師（ハイプリースト）

サキは戦士（ウォーリアー）の二次職、剣闘士（グラディエーター）

アユミは魔法術師（マジシャン）の二次職、魔術師（ウィザード）

シノブは盗賊（シーフ）の二次職、暗殺者（アサシン）であった。

比較的レベルが上がりやすいゲームではるが、一次職上限はレベル100、二次職は300、最終職はレベル１０００と最後までレベルを上げるには途方もない労力と課金が必要となる。

四人もそれなりに頑張ってはいるが、二次職でレベルもまだ200未満であり、廃人ゲーマーたちに勝てるはずもない。

「それより、早く狩りに行こうよ。明日は休みだし、二四時くらいまでなら頑張れるから！」

「もう、サキったら。怒られてもしらな――」

その会話の途中で四人の視界は真っ白に染まった。

∞

∞

∞

「あれ……。さっきまでギルドホールにいたはずなのに、なんでこんなところに……？」

見渡す限り草原の中、アオイが目を覚ます。すぐに近くに倒れていたサキたちに近づいた。

「ねぇ、みんな起きて」

アオイの声にサキ、アユミ、シノブの三人が次々と目を覚ます。

「……あれ？　なんでこんなところに？」

「なんか、違和感が……」

「うん？　おはようで……ござる」

四人は草原で目を覚まし、円を囲むように座り込んだ。

「ねぇ、ちょっと確認なんだけどさ……」

「サキ、どうしたの？」

「あのさ……手に……地面の感触が……あるんだけど……？」

「「「!?」」」

三人は目を大きく見開き、自分たちで草を引きちぎったりして、自分で感触を確かめていた。

「ほ、本当だ。もしかして……これって噂（うわさ）に聞く——異世界転移ってやつ!?」

「どうしよう。私たち帰れなくなっちゃったの？　アオイ姉ちゃん……」

「リアルコスプレ……うふふ」

「ちょっと整理しましょう。もしかしたら……ステータス」

アオイがステータスを唱えると、目の前には透明な板状のものが表示され、そこにステータスが記載されていた。

【名前】アオイ　【種族】人間族　【性別】女
【年齢】17歳
【種族】上級回復術師（ハイプリースト）
【レベル】126
【特殊スキル】鑑定　次元収納（ストレージ）

「す、ステータスが見える……」

「え、ほんと!? 私もやってみる」

四人は各自、自分のステータスを開き、見入った。異世界へ転移したという混乱と、ＰＷＯの世界にいるという興奮がせめぎ合っている。

数分ほど沈黙のまま自分たちのステータスを確認していると、アオイが一つ咳をする。

「みんな確認できたね。このままこの場にいても仕方ないと思うの。できれば街を探してそこで同じように転移した人を探したい」

「私はアオイ姉ちゃんと同じかな。この場にいても仕方ないし」

「えぇ、私も同じでいいわ」

「同じ意見でいいでござる」

四人は立ち上がり、向かう方向について考える。四人が立っている場所は四方に草原が広がっているだけだ。

遠くに山などが見えるが、それは歩いてもかなりの距離になる。

サキは剣を鞘から抜き、本物の剣を見て目を光らせる。そして一方向に剣を向け叫んだ。

「よし、向かう先はあっちだー！」

「まったく……」

やれやれと、先を歩くサキに三人はついていく。

「あっ」

そこでアオイが足を止めた。

「どうしたアオイ？」

不思議そうにアユミが尋ねると、アオイは思い出したかのように呟いた。

「私たちって……。この職業だけど、魔法なんて……どうやって——使えばいいの？」

全員がその言葉に気づいた。

今まではゲームだったので、キーを押したりすればその通りに動いてた。しかし、ここは——現実。

自分で考えなければならない。

「——この場で練習しましょう」

「「「うん！」」」

アオイの提案に全員が頷いたのは言うまでもなかった。

◇　◇　◇

二時間ほど自分のスキルや魔法を確認するのに費やした。

自分の次元収納に入っているアイテムに関しても、一度取り出して確認も行った。

「ＰＷＯと魔法もスキルも一緒ね。これなら記憶にあるから問題なく使えそう」

「うん！　リアルで剣の衝撃波が出るのにびっくりしたっ！」

「アオイが魔法使い……。まさか本当に魔法を使うことができるなんて……」

「私は……くノ一。にんにんで……ござる」

「それにしても、スタミナ回復のアイテムがそのまま食事になるなんて……何も食べられないと思っていたわ」

「それはわかる！　パフェ、最高に美味しかった」

アユミはアイテムで取り出した食事だけでは飽き足らず、チョコレートパフェを出すと同時に食いついた。

「これで少しの間は問題なさそうね。あとは、街でこのお金が使えれば当面の生活には困らないはず。言葉が通じるかすらわからないけど……」

アオイは手のひらに次元収納から取り出した硬貨を確認し、また次元収納へと戻す。

「ＰＷＯと同じ世界なら魔物も出てくるはずでござる。気配察知のスキルがあるので任せるのでござる！」

先頭にシノブが立ち、道のない草原を不安を抱えながら歩き始めた。

「それにしてもシノブはいつまで『ござる』をつけるつもりなのかね……」

最後尾のアユミは杖を抱えたまま呟いた。

「魔物の気配！　右のほうから来る！　数は三！」

一時間ほど歩いたところで唐突に叫んだシノブの声に三人は各自武器を強く握りしめ、指さす方向を睨んだ。

いくらゲームで魔物と戦っているとはいえ、実際に魔物を目にするのは初めてだ。恐怖でサキの剣先は震えている。

草むらが揺れ、そこから現れたのはフォレストウルフ。鋭い牙を見せながらゆっくりと近づいてくる。

「これはフォレストウルフ！　まだ最初の頃に戦った魔物だ！」

弱い魔物だとわかったサキは少しだけ余裕を取り戻す。

「私が先に魔法で牽制するわ！　ファイヤーボール！」

アユミの詠唱によって杖の先から現れたバスケットボールほどの火の球がフォレストウルフへ勢いよく飛んでいく。

一頭のフォレストウルフは悲鳴をあげてそのまま息絶えた。

「私も！」

サキが剣を振りかぶり、襲い掛かってくるフォレストウルフを一気に一刀両断した。

残る一頭は敵わないと思ったのか一目散に逃げ出していくが、その後ろからシノブが投げた短剣がそのままフォレストウルフの身体を貫通して地面に突き刺さった。

最後の一頭が絶命して初めての戦闘が終わる。

全員が大きく息を吐き、地面に座り込んだ。

「終わったー！　やった！　勝てた！　私たち勝てたよっ！」

寝ころんだサキが空に向かって大声で叫ぶ。

「ほんとだね。私たちきっとやっていける」

「あれだけの威力がでてた。多分私たちは強い……でござる」

四人は少し休憩した後に立ち上がり、再度歩き始めた。

二時間ほど歩くと整備された道にぶつかった。

「道があった。これで街に行けるはず。あとはどちらに行けばいいかだけど……」

「それは剣が決める！」

サキは剣先を地面に突き立て、倒れたほうを指さす。

「方向はあっちに決定！」

「まったく……」

陽気なサキにアオイはため息をつく。

そして四人は道を歩き始めた。

途中、数十所帯程度の村を見つけ、言葉が通じることに四人は歓喜し、国を聞いてＰＷＯ時代に所属していたシファンシー皇国であったことにさらに喜び、皇都までの道のりを村長から教えてもらった。

親切に教えてくれた村長宅に一泊させてもらい、お礼に金貨を一〇枚渡したら驚かれた。

四人の所持金にとっては大した金額ではなかったが、この世界では銅貨や銀貨は使うが金貨は高額なので使うことは少ないと教えられる。

それでも親切にされたのでと手渡したら、村の宿に宿泊していて皇都に向かっている商人を紹介してもらうことになった。

商人は馬車一台で護衛はいないとのことで、護衛を引き受ける代わりに馬車に乗せてもらうことにする。

街道はほとんど魔物が出ることはなく、皇都から近いこともあり、定期的に依頼を受けた傭兵(ようへい)団が巡回し魔物や盗賊団の対応をしているので治安が良いことを教えてもらった。

若い女の子四人に囲まれた商人も口が軽くなり、皇都の情報を仕入れることができた。


村を出発してから二日間、何事もなく皇都に到着した。

身分証明書を持っていない四人は、皇都では傭兵ギルドがいいと商人から教えてもらっていた。

入国料として銀貨を支払い、皇都に入ったところで商人と別れた。

「無事に着いたね。まずは宿を探してから商人さんから教えてもらった傭兵ギルドに行きましょうか。身分証明書は今後必要ですし」

「そうだね。私たちの持っているお金がそのまま使えるのはよかった」

商人にいくつかの宿を聞いてあったが、四人部屋が空いている少し高級な宿をとることにした。

商人からも女性だけなら大通りにある少し高級な宿のほうが安全と聞いていたからだった。

やはり未成年の四人にとっては安全が最優先だろう。

魔物との闘いは道中経験したが、それが対人だったら同じようにできるとは思っていない。

しかし、これから先、生きていくのに、この世界は戦いが必須であることは全員理解していた。

それでもこの世界の常識を完全に理解していない四人にとって一番必要なのは安寧であった。

「休憩もそろそろいいでしょう。傭兵ギルドに行きましょうか」

「うん！　そうだね。ついに傭兵デビューかぁ」

「私たちでできるのか少し心配だけどね……」

「何とかなるで……ござる」

四人はカウンターへと向かい受付嬢の前に立つ。

「いらっしゃいませ。傭兵ギルドへようこそ。ご用件をお伺いいたします」

受付嬢は営業スマイルを浮かべながら四人に声を掛けた。

「あの、四人とも新規登録したいのですが……」

代表してアオイが言うと、受付嬢は引き出しから四枚の紙を並べた。

「新規登録ですね。四人でいらっしゃいますし、どこかの傭兵団にご加入予定でしょうか？」

アオイたちは異世界へ転移したという事情から、他の傭兵団に加入するつもりはなかった。この世界のシステムはわからないが、それでも四人で頑張っていこうと考えていた。

「いえ、四人でクランを組むつもりです」

「……そうですか。少人数ですと限られた依頼しか受けられませんが、必要に応じて他の傭兵団と連携することをお勧めいたします」

「ありがとうございます。相談してみます」

四人はその場で用紙を受け取り内容を記入していく。

記入する内容は大したものはなく、名前、年齢、性別、職業、得意分野程度であった。

日本語で記入しても、この世界の言葉に書き換わるので特に問題もなく書き終わり、まとめて受付嬢に提出する。

「それではクラン結成の申し込み用紙になります」

「ありがとうございます。あっ……クランの名前はどうする……？」

実際に四人はクランの名前について何も考えていなかった。

「どうしよっか。可愛（かわい）い名前で！」

「でも、同じように転移者がいればわかってくれるような名前がいいんじゃない？」

「和風にすればいいでござる」

「「「うーーん」」」

「……私もあと少しで高校生になる予定だったし、『ハイスクール傭兵団』とかどう？」

「他に案はなさそうね……。同じ転移者が聞いたらわかるだろうし、それにしましょうか」

「「「はーい！」」」

アオイが代表してクラン名を書き込み、メンバーを加えていく。

書き終えた紙を見直して、アオイは大きく頷いた。

「それでは出しに行きましょう」

四人は先ほど話した受付嬢のところへ用紙を提出した。

「はい、ありがとうございます。それでは『ハイスクール傭兵団』で登録しますね。身分証明書もクラン名を記入して発行しますので呼ばれるまでお待ちください」

受付が済み、四人は呼ばれるまで待合場所で座って待つことにした。

「まずはどんな依頼があるかとか、この皇都の情報も欲しいですね。歩いてきた感じだと、ＰＷＯと同じような感じですが、こちらのほうが圧倒的に広いですし」

「確かにそうだよねー。ゲームには民家なんて簡単なオブジェクトでしかなかったし。かといって、異世界お決まりの酒場で情報収集！　って言いたいけど、私たち未成年だからな……」

「異世界の成人は一五歳が基本でござる」

「かといって、お酒なんて飲んだことないでしょ？」

「「「確かに！」」」

四人はゲームだけではなく、元いた世界で異世界系のライトノベルも多く読んでいた。冒険モノ、悪役令嬢モノ、または追放モノまで。

妹のサキも姉の部屋にある本の影響を多大に受けていた。

「これがまさに現代社会からの――追放モノだったりして」

「「「ぷっ」」」

サキの一言に思わず三人は吹き出してしまう。

「そんなことより呼ばれているよっ」

カウンターから声が掛かり、四人は受付へと向かった。

「お待たせいたしました。それでは四人の身分証明書になります。クラン名も書かれておりますが、ハイスクール傭兵団、ランクはFに登録してあります。ランクは応じた依頼の達成率、組織規模などを考慮して決定しており最初はFランクからのスタートとなります」

新しいカードをそれぞれ受け取り、自分の名前を確かめる。互いに見せ合ったり盛り上がっていると、後ろから声が掛けられた。

「おい、新人か？　それにしても全員女とは……。どうだ？　俺たちの傭兵団に所属しねーか？　何でも手取り足取り教えてやるぜ」

大柄のスキンヘッドの男で、筋肉が隆起し大きな斧(おの)を背中に背負っていた。その後ろには同じ傭兵団であろう数名が立っている。

しかし、そんな掛けられた言葉に四人はギルドカードに夢中で気づいていなかった。

「おい……。お前ら無視するつもりか？　新人だからって容赦はしねぇぞ？　一晩中仕込んでやろうか？」

「「「ぎゃははははっ！」」」

再度、掛けられた言葉と下品な笑い声にやっとサキが気づいた。

「……ん？　このおじさん何か言ってるよ、アオイ姉ちゃん」

「……サキ、どうしたの？」

アオイはもらったカードに夢中で、視線はまだカードのままだ。そんな態度に男は怒りで顔を赤くする。

「……おい。いい加減にこっち見ろ！」

男がアオイに手を伸ばすが、その腕をサキが前に出て掴んだ。

「何しようとしてるの？」

サキが睨みつけるが、体格が優位な男は力任せに腕を振りほどこうとする。しかし、サキの力が勝っていたのか腕は動くことはなかった。

次第に男の手は変色していく。男は冷や汗をかき始めた。

「うぐぐ……離せっ！　この小娘っ！」

振りほどこうとする男の腕をサキが手放すと、勢い余って男は尻餅をついた。

男はまだ力が入らないのか、右腕をかばうように後ずさり、逃げるようにギルドを去っていった。

「あの人はどうしたの？」

今さらながら気づいたアオイに思わずサキはため息をついた。


依頼をいくつか確認した四人は宿へと戻って今後の方針について話し合うことにした。

「依頼は簡単なことから始めていきましょう」

アオイの言葉に三人は相槌を打つ。

「四人だから受けられるものは限られちゃうしね！」

「四人いれば十分でござる」

「とりあえず明日、依頼を受けてみましょう」

「そこらへんはアオイ姉ちゃんに任せるよ」


この世界に転移したばかりの四人はまだ自分たちの強さを理解していなかった。

先ほど傭兵ギルドで絡んできた男もBランクで皇都でもそれなりの有名な男であったが、四人は理解していない。

たとえゲーム時代に低レベルの部類に扱われていたとはいえ、この世界では十分に通用する四人であった。

次の日から始めたクエストにおいて、四人は請け負ったクエストは全て完遂し、高評価が続くことになった。

Fランクから始めたが、ひと月が経過する頃にはCランクに上がっており、皇都でも新鋭クランとして名前が通るようになっていた。

特に美少女なのに強いということで、他クランからの勧誘も多く、中には下心を持った者も現れたが簡単に四人に撃退されていた。

他クランとの合同依頼を受けることは勉強になるからとギルドから勧められ、いくつかの特定クランとのみ付き合うようになって四人はさらに成長していく。

しかも皇国ではAランクに分類されている上位クランとの合同依頼においても無類の武力を発揮し、ますます名声は高まっていった。

そんな中、大手クランから一つの依頼を頼まれた。一〇〇人ほどの大手傭兵クランからの依頼に四人は首を傾げたが、内容が内容だけに真面目に聞き入った。

〝ルネット帝国から秘密裏に非合法なものがシファンシー皇国に持ち込まれようとするのを阻止したい〟と。

アオイはメンバーと相談し、依頼主が身元がしっかりとしたジェネレート王国の貴族だったこともあり助太刀することを決めた。

それと同時にやはり非合法という言葉に正義感が働いたためだった。

数日の準備の後、四人は大手クランと合流し皇都を出発する。

迎え撃つ場所はすでに決められており、大人数でその場所へと向かった。

現地では馬車を検問するために街道の両端に陣を取り、目的の馬車を迎え撃つことになる。

四人は馬車で休憩しながら話し合うことにした。

「それにしても、これだけの人数が必要なんて相手はどんな大規模な密輸組織なんでしょう」

「密輸組織って言葉を知っているアオイがすごい」

「その前に密輸組織ってこんな大人数で捕まえるものなの……？」

「戦闘が前提に考えられているので……ござる」

元の世界であってもこんな大人数が集まることなど聞いたこともない。

しかし、この世界では素直に捕まるとは限らない。武力行使による鎮圧などよくあることなので自然と大人数が集まることが多い。

人数が五分五分であれば犯罪者は争ってでも逃げようと思うが、絶望的な人数差があればきっと相手も諦めるだろうと思われていた。

自陣が人数を揃えていれば怪我人を減らすことにもなるし、今回の依頼に関してはジェネレート王国の貴族からなので依頼料も多い結果、これだけの人数を集めることができたのだ。

待ち受けること半日で、遠くまで斥候に行った傭兵から合図が上がった。

四人がテーブルを囲みながらお茶を楽しんで待っていると、連絡係の傭兵が四人に駆けていく。

「おい、来たぞ。俺たちが相手をするから、もし何かあったら頼む」

「はい、わかりました。出番がなければいいのですが……」

「いよいよ出番だね。魔法でドパーッとやればいいんだけどなぁ」

「アユミもそんなこと言って……。あなたの魔法はただでさえ他より大規模になるんだから使えるわけないでしょう」

「そうでござる。ここは私とサキの二人で対応するつもりでござる」

「シノブちゃんも『ござる』が板についてきたよね」

「「ぷっ」」

サキの言葉でアオイとアユミの二人が吹き出した。

「そんなことないで……ござる」

少しだけ恥ずかしそうにしたシノブが席を立つ。それに合わせて他の三人もそれぞれの武器を持って立ち上がった。

「それじゃ、行きましょう」

「「「おうっ！」」」

三人は自分たちの陣営に向かってくる馬車を迎えるために、傭兵たちの集まりの中に向かっていった。


馬車から三人が出てきて、クランの団長と話し始めたが集団の最後尾にいた四人には話の内容は聞こえていない。

しかし途中、クランメンバーの笑い声が響き渡り、その次に男性の悲鳴が聞こえてきた。

四人は武器を持つ手に力が入る。

そして予想外に大規模な魔法が最前列にいる傭兵たちを包み込んでいく。

「魔法使いがいる？　それにしても、かなり高レベルじゃないとこんな規模の魔法なんて出せないよ。それなりに強いのかな？」

四人はこの世界に来て時間が経ち、周りのレベルを知っている。

レベル100を超える者はおらず、せいぜいレベル50程度で、しかも全員が一次職である。

だからこそレベル100を超える四人にとっては気持ちに余裕があった。

「もう前に出ましょう。サキ、シノブ頼んだわよ」

アオイの言葉に二人が頷く。

四人が倒れている傭兵を避けるように前に出ていくと、集まった傭兵の半分がすでに倒れていた。

しかも団長と一人の青年が戦っている。

「おお、あんな大きな剣を簡単に振り回すとかすごいね。まるで狂戦士(バーサーカー)みたい」

「どんなに強くたって、サキには勝てないでしょ？」

「それはもちろん。レベルが違うからね」

アオイとサキの二人が話している間に勝負はついた。

青年の一言で他の傭兵たちは怖気(おじけ)づいている。

「みんな行こう」

アオイの後を四人がついて前に出る。他の傭兵たちを見まわしたが、傭兵の表情を見たアオイは思わずため息をついた。

完全に恐怖に飲まれていると。

「あれあれ。一人にこれだけの傭兵団が怖気づいちゃうんだ～？」

「サキちゃん、そんなこと言わないの。みんなが怯(おび)えてしまうでしょう」

感じたことをそのまま口にしたサキをアオイがたしなめる。

だが、たった一人にこれだけの人数が怖気づいたことに、普段温厚なアオイでさえ毒を吐きたくなる。

「わかったよ、アオイ姉ちゃん」

「アオイが一番お姉さんっぽい。キレたら一番怖いけど……」

「――アユミ……後でわかっているわよね？」

「あーやっぱり怖いっ」

緊張感のない四人の登場にバスターソードを構えた青年――トウヤも唖然としていた。

「それにしてもお兄さん強いね。この傭兵団じゃ、全員でかかっても勝てるでしょう？　まったく、念のためってことで助っ人に来たけど、これは楽しみかもしれないね」

「魔法職で両手剣を持つなんて、常識知らずもいいところで……ござる」

「それよりも、隣のビキニアーマーのお姉さんが卑猥ですっ！　もがなければっ！」

「アユミ、羨ましいからってそんなこと言わないの」

「くノ一には巨乳は邪魔なのでいらないでござる」

「シノブちゃん。だって、だって、あのボイーンですよっ！　それを私たちに見せつけるようにっ！」

四人の会話の内容に男性は苦笑している。

ビキニアーマーの女剣士――ルミーナも四人の会話に首を傾げて男性に質問をしているが、その男性は呆れていた。

「それで、四人は助っ人ということでいいのかな？　戦うつもりなら容赦はできないけど……」

男性の言葉にサキが一歩前に出てくる。

「女の子だからって甘く見ているでしょう？　さっきも言ったように私たち四人はこの皇国でも最

強と言われてるのよ。名前は——ハイスクール傭兵団」

「ブハッ」

その言葉に男性は思わず吹き出した。

「なに笑っているのよっ！」

笑われたことに苛立ったサキが剣先を男性に向けた。

「いや、悪い……。懐かしい名前につい思わずね……？　俺も自己紹介しておこうか。名前はトウヤ、今はルネット帝国で冒険者兼——侯爵をしている」

この世界に転移して、それなりに世界のことを勉強した四人は、貴族階級についてもそれなりの知識があった。

中世ヨーロッパと同じであり、階級についても熟知していた。

「……侯爵？　貴族なの？　冒険者なのに？」

サキも貴族だとわかり思わず尋ねる。

「あぁ、帝国ではいろいろとあってね。それよりもこれを見てくれないかな？」

トウヤはＰＷＯ経験者ならわかる黒く禍々しいデザインと普通では持てないような二メートルを超える長さの両手剣を取り出して地面に突き刺した。

「そ、その剣はっ！　も、もしかして……」

サキは戦士職であり、自分がレベル不足で持てない武器であっても今後のために知識として武器は知っていた。

「それにしても、ハイスクール傭兵団って……どこの——高校だい？」

「「「「……!?」」」」

トウヤの言葉に四人は固まる。

もしかしたら知っている人がいるかもしれない、という期待を込めた傭兵団の名前。

それがこの場にいたのだから固まるのは仕方なかった。

「……少し待って。相談してくる」

この人は四人と同じ転移者なのかもしれないと思ったサキは相談することにした。

「あぁ、わかった。好きなだけ話してこい。できれば交戦は控えたいしな」

トウヤが頷いたので四人で円陣を組む。

「ねぇ、あの武器って……」

アオイの言葉にサキが頷く。

「あれは、ＰＷＯでイベント配布用の武器だよ。攻撃力は皆無だけど、見た目だけは強そうでしょ？　しかもあのイベントをもらえる人なら相当な高レベル。私たち四人で戦っても勝てる見込みなんてないわ」

「やっぱり……。私が一度確認してきていい？」

「うん、アオイ姉ちゃんなら上手く話ができると思うから頼んだ」

四人は円陣を解き、代表してアオイがトウヤの前に出る。

「トウヤさんでいいんでしたよね。やはりトウヤさんは——ＰＷＯの……？」

「あぁ、この場で詳しくは言えないが、その通りだ」

「いくつか確認させてください。あの武器はイベント用だと記憶にありますが、あれは戦士職用のでは？」

「確かに。あの時は――狂戦士（バーサーカー）だったしな。たまたまこのアカでインしている時に呼ばれた」

アオイは記憶に残っていた。

狂戦士（バーサーカー）のトウヤといえば、毎週行われる対抗戦において最前線で戦っている有名なプレーヤーだった。

所属している国は違うが、シファンシー皇国とも交友はあり、直接会話したことはないが酒場で話しているのを見かけたことは何度もあった。

「……もしかして、王国の狂戦士（バーサーカー）のトウヤ……？　あの高レベルで有名な……」

トウヤが頷くと、アオイの表情は引き締まる。

「もう少しお待ちください。みんな集まって」

アオイたちは再度円陣を組んだ。

「聞いて……あのトウヤって人はＰＷＯでジェネレート王国に所属していた狂戦士（バーサーカー）の人よ。多分レベルは700を超えている。かなりの実力があると見ていいわ。だからこそ、冒険者なのに侯爵という貴族の地位にいるのだと思う」

「私もその名前は知っている。いつも最前線で戦っている人だよね？」

アユミの問いにアオイは深く頷く。

「それにしても700超えって……最上級の職業なら私たちじゃ相手にもならないんじゃ……」

「多分……瞬殺されるわ。あの人にその気があったらだけど……」

「どうしたらいいので……ござるか」

アオイ、アユミ、シノブの三人は悩み始める。

「ねぇ、それなら同郷のよしみってことで、私たちも仲間になればいいんじゃない？　同じ日本人同士だし、面倒を見てくれるはずでしょ。しかも侯爵って貴族でしょ？　貴族っていうなら、もしかしたら家は豪邸かもしれないよ。宿屋暮らしから抜けられるかも。それに……もしかしたらリアルメイドさんとかもいたりして」

「「メイド！」」

三人は貴族の生活をそれぞれ思い浮かべる。

ドレスを着て、綺麗に手を入れた庭園でメイドに淹れてもらった紅茶を飲みながら優雅に会話を楽しむ。

樽に入れたお湯で身体を拭くだけの宿屋暮らしの四人にとっては甘美な誘いであった。

「……あの人に下りましょう。そして、何をしてもついていってルネット帝国に同行しましょう」

「「うん」」

「それに、見た目も悪くないしね？　日本に帰れなかったらそのままお嫁さんにしてもらうのもありかも？　そしたら侯爵夫人だよ」

小説や漫画などで読んだ貴族の生活イメージを四人は思い浮かべる。

「決まりね」

「「「うん」」」

アオイの言葉に三人は頷く。

円陣を解き、代表してアオイがトウヤの前に立つ。

「私たちはトウヤさんに――ついていきます」

アオイの言葉と同時に四人が深々と頭を下げる。

「……どういうこと？」

アオイたちの言葉に驚いたトウヤだったが、アオイが言葉を続ける。

「詳細は省きますが、私たちはトウヤさんと敵対することはないです。勝ち目はないですし、私たちはトウヤさんのことを知っています。ＰＷＯで共闘したこともありますし。まぁ後ろから眺めていただけなんですけど」

「敵対しないのなら助かる。俺たちは護衛の依頼で皇都の商業ギルド本部に行きたいだけだしな」

「それでしたら、私たち四人もその護衛に加わらせてもらいます。私たちがいれば皇国の傭兵団は手出ししないと思いますし」

「それなりに有名なんだな？」

「えぇ、トウヤさんに比べれば低いですが、四人ともそれなりのレベルなので、そこらの男たちには負けませんわ」

「わかった。護衛の依頼料としては俺の懐から出すつもりだ。その他に要望はあるか？」

「それも後で詳細をつめさせていただけたら。私たちのホームも皇都にありますから、そこで話をさせてください」

アオイが前に出てトウヤと握手をした。

同郷のＰＷＯプレイヤーに会えた安心感と、ついでに甘美な貴族の生活を想像しながら――。

エピローグ

ジェネレート王国上層部には焦りが見えてきた。

勇者ラルクスの活躍で一度はルネット帝国の帝都を征服したものの、何者かの手引きによる皇族の逃亡、そして第三王子であるラセットの捕縛。

それだけでも莫大（ばくだい）な賠償金が発生した。しかもせっかく奴隷として捕らえた亜人たちも解放せざるをえず、王国内では王族への不満を口にするものも増えていた。

その中で寛容できないのは――勇者の敗北。

ルネット帝国の冒険者一人に勇者が敗れたという。しかもただでさえ賠償金で王国内部の運用資金が枯渇している状態での追加の賠償金。

シファンシー皇国への契約書を移送するのを邪魔しようとして、さらに失敗を重ねた。

王国の企（たくら）みが明るみになったことで、ジェネレート王国内の冒険者ギルド、商業ギルドからの苦情もあがり、対応によっては王国内から全てのギルド支部を撤退させるとまで言われていた。

国王は度重なる失敗に頭を抱えていた。

「お父様、いえ、陛下。わたくしが勇者ラルクス様と一緒にルネット帝国を滅ぼして差し上げます。ルネット帝国が存続する限り、王国は賠償金を支払っていかなければなりません。しかし、支払う先のルネット帝国が滅亡してなくなれば？　もちろん支払う必要もございませんわ」

ジェネレート王国第一王女である、シャーロンが国王の私室にて、国王相手に話を始めた。

「いや……。しかし、勇者殿もルネット帝国の冒険者に敗北を喫したと聞いておるが……」

「それは、勇者様に同行する兵士を盾にされたのでしょう。勇者様はお優しいですから。人質がいない今でしたら、勇者様を止められる者もおりません。ラセットは帝国を手中におさめた時、王座で胡坐（あぐら）をかいていたのです。わたくしが先導すれば、その場で皇族全てを亡き者にし、ルネット帝国をジェネレート王国の一部にして差し上げますわ」

自信たっぷりのシャーロンに、国王も頷（うなず）くしかない。毎年多額の賠償金を支払っていたら、王国は衰退し、帝国はますます強大になるであろう。二度と帝国を相手に開戦することなど不可能になる。

だからこそ今しかなかった。

シャーロンの説得に次第に国王の表情は明るくなる。

「そうだな。帝国を手中におさめたら、亜人の奴隷はいくらでも手に入る。そうすれば王国は発展し、皇国などにも気を使わず王国がこの世界の覇者になることができる」

「さすが陛下。その通りでございますわ」

シャーロンの言葉に自信を持ち直した国王は拳を力強く握る。

「シャーロン、すまないが勇者殿の説得を頼んでもいいか？　勇者殿はお主のことを好いておるようだしの」

「ええ、その件についてはお任せください。勇者様をその気にさせてみせますわ」

自信たっぷりに答えたシャーロンは、頭を下げて国王の私室を退出し廊下をゆっくりと進む。

「……見ていなさい、帝国の亜人ども。私がこの世の全て……そして勇者をも支配するのよ」

口元を緩めたシャーロンは小声で呟（つぶや）いたのだった。

幕間　女子会

アオイたち四人はルネット帝国に入国し、少しの間、トウヤの屋敷でお世話になることになった。憧れていた貴族のような生活であったが、常にメイドに世話をされ、堅苦しさから逆に心休まらない日々が続いていた。

そんなある日、トウヤと一緒に訪れた養護施設でルミーナが部屋を借りていることを聞き、四人も空き部屋に住まわせてもらうことになったのだ。

アオイはもともと保育士を目指していたので、ギルドの依頼の合間に養護施設でサヤの手伝いをしていた。子供たちも四人にはすぐに懐き、居心地のいい生活を送ることができたのだ。

そして、本日は女子会が開かれた。

参加者はサヤ、ルミーナ、アオイ、アユミ、サキ、シノブの六人だ。すでに子供たちが寝静まった後にテーブルを囲むことになったのだ。

「それでは第一回女子会を開きたいと思います！」

アオイの一声にアユミたちの拍手が起きる。しかし、サヤとルミーナの二人は首を傾げた。

「あの……女子会っていうのは……？」

「サヤさん、女子会っていうのはね、普段男性陣たちがいる時に話せないこと。例えばトウヤさんの前で話せないぶっちゃけたトークをしようってことだよ」

アユミの言葉に少しだけ納得したのか、ルミーナとサヤの二人が頷いた。

「まずは乾杯しましょう。いろいろと話したい時はお酒の力も借りないと！」

サキたちは日本では未成年であったが、この国では一五歳で成人なのでアルコール度数の弱い果樹酒を用意していた。

もちろん、ルミーナだけはエールである。

乾杯をしてからアユミが司会を務めることになった。

「まずは皆さんがトウヤさんと知り合ったきっかけを教えてくれたら。最初に知り合ったのはルミーナさんですよね」

ジョッキに入ったエールを半分ほど飲み干したルミーナが、テーブルにジョッキを置いて大きく頷いた。

「そうだな。最初に会ったのはギルドの資料室だったが、その後に一緒に護衛の依頼を受けたんだ。その時だったな。――エールは冷やしたら美味いってことを知ったのは。あとはトウヤの作る飯が美味い！」

その言葉にアオイたち四人は吹き出した。

「トウヤがいないと冷えたエールが飲めないのが辛いぞ！」

「あの、そのエール冷やしましょうか？　私も魔法使えますから」

「おぉ！　ありがたい！　ぜひ頼む！」

ジョッキをアユミの前に差し出すと、魔法が掛けられ一気にエールが冷えてくる。満足そうな表情を浮かべたルミーナがテーブルに置かれたつまみを口に放り込みまた飲み始めた。

「やっぱりこれだよ！　これ！」

「それで、ルミーナさん、そのあとは？」

「そうそう、その後はな、トウヤがシャル皇女とアルの二人を助けたことが原因で、ジェネレート王国がサランディール王国に乗り込んできたんだ。トウヤたちは追われて、兵士とギルドの冒険者総出で捕まえようとしたんだが……トウヤたち四人に撃退された。その時にトウヤと一対一で戦ったんだが、家宝の宝剣は折られ、一撃で逝きそうになったぞ。おかげでこんないい剣をトウヤからもらったけどな」

あはは、と笑いながらエールを飲むルミーナに全員が苦笑する。

アユミは話の流れを変えるために、今度はサヤに話しかける。

「サヤさんの出会いは？」

いきなり話を振られたサヤは動揺するも、思い出すように話し始める。

「私はダンブラーの街で親の代から養護施設をしていたのです。親が亡くなって一人で切り盛りしていたのが祟ったのか、熱で倒れた時にレオルが冒険者ギルドで頼んだらトウヤさんが来てくださったのです。たった銅貨三枚の報酬で回復魔法を……。その時に子供たちにたくさんご飯を食べさせてもらい、寄付もかなりの額を……」

サヤの話の途中で、アオイたち四人はすでに目に涙を浮かべていた。四人も銅貨三枚の価値は理解できている。普通なら依頼を受ける者などいないはずだ。

サヤはそのまま話を続ける。

「トウヤさんからの言伝で、ルミーナさんが養護施設に住むようになって、そして養護施設を移さなければいけない時に、たまたま訪れた商人のアリスさんから、トウヤさんのことを聞き、帝都を訪れたのです。この帝国でもいろいろとありましたが、トウヤさんは以前と変わらない優しさで守っていただきました」

頰を染めたサヤに、アオイたちは気づいた。

「も、もしかして、トウヤさんに――好意を……？」

アオイの言葉にサヤの頰はさらに赤く染まる。

「「「キャーー」」」

恋バナ好き世代の四人にとっては、この話はたまらなく魅力的なものだった。

「もっと、もっと話を聞かせて！」

盛り上がった六人の話は深夜になるまで続くのであった。

召喚された賢者は異世界を往く～最強なのは不要在庫のアイテムでした～ 4

2023年5月25日　初版第一刷発行

著者　夜州
発行者　山下直久
発行　株式会社KADOKAWA
〒102-8177　東京都千代田区富士見2-13-3
0570-002-301（ナビダイヤル）
印刷・製本　株式会社広済堂ネクスト

ISBN 978-4-04-064537-7 C0093

企画　株式会社フロンティアワークス
担当編集　福島瑠衣子（株式会社フロンティアワークス）
ブックデザイン　Pic/kel（鈴木佳成）
デザインフォーマット　ragtime
イラスト　ハル犬

本シリーズは「小説家になろう」（https://syosetu.com/）初出の作品を加筆の上書籍化したものです。

この作品はフィクションです。実在の人物・団体・事件・地名・名称等とは一切関係ありません。

ファンレター、作品のご感想をお待ちしています

宛先
〒102-0071　東京都千代田区富士見2-13-12
株式会社 KADOKAWA　MFブックス編集部気付
「夜州先生」係「ハル犬先生」係

https://kdq.jp/mfb
パスワード
jw7wz

二次元コードまたはURLをご利用の上
右記のパスワードを入力してアンケートにご協力ください。

● PC・スマートフォンにも対応しております（一部対応していない機種もございます）。
●アンケートにご協力頂きますと、作者書き下ろしの「こぼれ話」がWEBで読めます。
●サイトにアクセスする際や、登録・メール送信時にかかる通信費はご負担ください。
● 2023年5月時点の情報です。やむを得ない事情により公開を中断・終了する場合があります。

八男って、それはないでしょう!
みそっかす

著 Y・A

イラスト:藤ちょこ

ヴェルと愉快な仲間たちの黎明期を全編書き下ろしでお届け!

冒険者予備校時代のヴェルに降りかかる面倒事『狩猟勝負』、
生きるために狩るヴィルマの狩猟生活『英雄症候群の少女ヴィルマ』、
聖女と呼ばれるに至ったエリーゼの正道の記録『聖女誕生』、
以上の三本を収録!

薬草採取しかできない少年、最強スキル『消滅』で成り上がる

Yakuso saishu shika dekinai shonen, saikyo skill "sho-metsu" de nariagaru

このF級冒険者、無自覚に無敵！

岡沢六十四
Okazawa Rokujuyon
イラスト：シソ

STORY

15歳の少年エピクはひとりで活動するF級冒険者。しかしある日、実力不足を理由にギルドを追放されてしまう。路頭に迷う中で出会ったのは、薬師協会長の娘スェル。「エピクさん、ここで一緒に働いてください!」というスェルの提案で生活の基盤を整えたエピクは、これまで隠してきた「どんなモノでも消滅できる」スキルの応用術を身につけて成り上がっていく——。

MFブックス新シリーズ発売中!!

辺境の魔法薬師
自由気ままな異世界ものづくり日記
えながゆうき
イラスト：パルプピロシ
STORY
ある日女神に「私の世界の魔法薬を改革してほしい」と頼まれ転生すると、そこでは「最低品質」「ゲロマズ」「もはや毒」の三拍子が揃った悪夢のような魔法薬がはびこっていた！　辺境伯家の三男ユリウスとして転生した俺は、前世のゲームスキルを活かし魔法薬改革をスタートさせる。
第7回
カクヨムWeb小説コンテスト
異世界ファンタジー部門
特別賞
受賞作
激マズ魔法薬を発展させながら、
のんびりものづくりスローライフを楽しみます！
MFブックス新シリーズ発売中!!

走りたがりの異世界無双
～毎日走っていたら、いつの間にか世界最速と呼ばれていました～
坂石遊作
イラスト：諏訪真弘
転生したから走りたい！
才能ないけど好きなことします！
第7回
カクヨムWeb小説コンテスト
異世界ファンタジー部門
特別賞
受賞作

STORY
病弱で辛い日々を送っていたニコラは、
武器のサーバント・カタリナに
契約を破棄され死にかける。
ところが目覚めるとなぜだか彼は健康体で、
魔法も使えるようになっていた。
健康になった少年の、魔法を研究しながら
自由を謳歌する生活が始まる！
膨大な魔力を使って自由に生きる！
武器に契約破棄されたら
健康になったので、
幸福を目指して生きることにした
Since I became healthy after the contract was canceled from the weapon,
I decided to live with the aim of happiness
嵐山紙切
Arashiyama Shisetsu
イラスト：kodamazon

好評発売中!!

MFブックス既刊

ほのぼの異世界転生デイズ ～レベルカンスト、アイテム持ち越し！ 私は最強幼女です～ ①～③
著：しっぽタヌキ／イラスト：わたあめ
転生した最強幼女に、すべておまかせあれ！

職業は鑑定士ですが【神眼】ってなんですか？ ～世界最高の初級職で自由にいきたい～ ①～③
著：渡 琉兎／イラスト：ゆのひと
あらゆる情報や確率をその手の中に。特級の【神眼】で自由を切り拓け！

酔っぱらい盗賊、奴隷の少女を買う ①～③
著：新巻へもん／イラスト：むに
二日酔いから始まる、盗賊と少女の共同生活。

戦闘力ゼロの商人 ～元勇者パーティーの荷物持ちは地道に大商人の夢を追う～ ①～②
著：3人目のどっぺる／イラスト：Garuku
大商人になる夢を叶える。そう誓った男の成り上がりファンタジー！

武器に契約破棄されたら健康になったので、幸福を目指して生きることにした ①
著：嵐山紙切／イラスト：kodamazon
超病弱から一転、健康に！ 膨大な魔力を使って自由に生きる！

くたばれスローライフ！ ①
著：古柴／イラスト：かねこしんや
これはスローライフを憎む男のスローライフ！

強制的にスローライフ!? ①
著：てぃる／イラスト：でんきちひさな
家族のために「油断はできない」と頑張るスローライフファンタジー！

走りたがりの異世界無双 ～毎日走っていたら、いつの間にか世界最速と呼ばれていました～ ①
著：坂石遊作／イラスト：諏訪真弘
転生したから走りたい！ 才能ないけど好きなことします！

辺境の魔法薬師 ～自由気ままな異世界ものづくり日記～ ①
著：えながゆうき／イラスト：パルプピロシ
転生先は〝もはや毒〟な魔法薬だらけ!? ほのぼの魔法薬改革スタート！

薬草採取しかできない少年、最強スキル『消滅』で成り上がる ①
著：岡沢六十四／イラスト：シソ
このF級冒険者、無自覚に無敵。

異世界転生スラム街からの成り上がり ～採取や猟をしてご飯食べてスローライフするんだ～ ①
著：滝川海老郎／イラスト：沖史慈宴
異世界のスラム街でスローライフしながら成り上がる！

呪われた龍にくちづけを ①
著：綾東乙／イラスト：春が野かおる
仕えるのは〝呪い〟を抱えた美少年!? 秘密だらけな中華ファンタジー！